光文社文庫

長編推理小説

# ファンタジスタはどこにいる？

『ハッとしてトリック！』改題

鯨　統一郎

KOBUNSHA

S高校サッカー部の思い出に……。

解説——西上心太

373

# 1

大柄な男が銅像をよじ登っている。

周囲の者たちが男の行動に気がつく。

八月初旬の猛暑の中、男の短く刈った髪の毛は汗で濡れているようだ。

「何やってんだ、あいつ」

「どこかで見たことがあるぞ、あの男」

二人連れの男たちが話し始める。

「あれ、安東《あんどう》じゃないか？」

誰かがやや大きめの声で言うと、周囲の者たちは男が安東大吾《だいご》であることを認めた。

「そうだ、安東だ」

男は安東大吾だった。

Jリーグ東京スターボウのDF《ディフェンス》で、チームでも一、二を争うスター選手だった。また、J1第一ステージにおける東京スターボウ大躍進の立役者の一人でもある。

安東は楠木正成《くすのきまさしげ》の銅像に跨《また》がった。

ここは皇居外苑である。

内堀を隔てて皇居の東南に位置する芝生と松の公園。二重橋前は記念写真の定番スポットでもある。だれでも自由に出入りすることができる。

楠木正成像は外苑の南東隅、外堀の手前にある。明治の初め、豪商住友吉左衛門が寄付したもので、顔は高村光雲の作である。

南北朝の英雄、楠木正成が、兜《かぶと》を被《かぶ》り馬に跨っている。高さは六、七メートルもあろうか。その楠木正成像に、いま安東大吾が跨った。

安東大吾は身長百九十センチ、体重八十九キロという巨漢である。その身体《からだ》は大きな銅像にも引けを取らなかった。

「何やってんだ、安東は」

周囲の者は口々に不審がった。

Jリーグ第二ステージの開幕は五日後に迫っている。東京スターボウのスター選手である安東大吾が、どうして皇居外苑の楠木正成像によじ登り、その上に跨らなければならないのか。

像の周りにはこの小さな事件に気がついた人たちが次々と集まりだした。

その輪の中に『週刊ヴァーチャル』の記者、黒木典絵《のりえ》の姿もあった。典絵はあわてた様子でバッグを開けて何かを取り出そうとしている。

安東は一言も口を利《き》かない。

大勢の者たちが銅像の周りに集まり、安東に注目する。

ふと、安東の口元に笑みが浮かんだ。

「安東、笑ってるぜ」

周りの者たちから声が洩れる。

「何を探してるんですか」

隣の男が典絵に話しかけた。

「カメラを探してるの」

「なるほど。シャッターチャンスだ。『フライデー』に売れるよ。俺もケータイで撮ろうかな」

光が大量に溢れて、安東の身体が引きちぎられた。

少し遅れて爆発音がする。

楠木正成像が爆発したのだ。

銅像の近くにいた者は衝撃波に吹き飛ばされた。その一回り外側にいた者は地面に倒された。遠巻きに見ていた者たちは恐慌を来《きた》し逃げまどう。

典絵と隣の男も吹き飛ばされた。

安東は、身体を血だらけにして、息絶えていた。

⚽

その日のうちに警視庁内に特別捜査本部が設置された。

二〇〇四年八月九日。

皇居外苑楠木正成像にまたがり爆死した人物が、Jリーグ東京スターボウ所属選手、安東大吾であることが確認された。

爆発により大勢の人間が怪我をしたが、死亡者は安東大吾一人だけだった。

「爆発物はどこに仕掛けられていた？」

田沢本部長が尋ねる。

田沢は現在四十五歳。東大法学部卒業後、内閣法制局参事官を経て、警視庁企画課から刑事部長に就任したキャリアである。大きな事件を二つ解決した実績を買われ、近々警視監に昇進すると噂されている。

「鞍《くら》の上です」

岩間が立ち上がった。

岩間は二十代の若手刑事だが、田沢本部長の下で事件を解決した実績があり、信頼は厚い。

身長は百六十センチそこそこと小柄だが、ものに動じない度胸がある。空豆のような顔にはいつも笑みが浮かんでいる。

「安東大吾は楠木正成の後ろに跨ったんです。その鞍の上に、ガムテープと塗料で巧妙に爆発物が隠されていました」

「じゃあ安東は、爆弾の上に坐っちまったっていうのかい」

岩間の隣の太田黒が坐ったまま発言する。

太田黒は岩間と組んでいるベテラン刑事である。身長百七十センチで、体重は九十キロを超えている。

「爆発物の種類は？」

太田黒の言葉を無視して田沢本部長が岩間に質問する。

「まだ特定されていません。鑑識が捜査中です」

「爆発物は誰が仕掛けたのだろうか？」

田沢が会議室に集まった刑事たちを見まわす。

「自分で仕掛けたんじゃないですかね」

太田黒が眠そうな声で言う。坐ったままだ。

「自殺だというのか？」

「安東は自分で銅像に登ったんだ。そうとしか考えられんでしょう」

何人かの刑事たちが頷《うなず》いている。

「たしかに、安東が銅像に登ったのは自分の意志だ。だが、自殺したいのなら、どうしてわざわざ銅像に登って爆死しなければならないのだ」

田沢が太田黒に答えを促す。

「安東はスターだ。目立ちたがり屋なんですよ」

太田黒の答えに納得しないのか、田沢は言葉を返さない。

「安東に爆弾の知識があったんでしょうか」

岩間が立ったまま言う。

「安東が自殺なら、爆弾もまた自分で調達したということでしょう?」

「そうなるな」

田沢が答える。

「安東に自分で爆弾を製造する知識があるとは思えないんです」

「偏見だな」

太田黒が言う。

「太田黒さんは造れるんですか?」

岩間が太田黒に訊く。

「そんなもの造れるわけがねえ」

「それが普通だと思うんです。安藤も普通程度の知識の持ち主でしょう。彼の出身高校は甲南経済大学付属高校で、工業系でもありません。趣味も酒を飲むくらいで、爆発物に繋がるような機械、化学系の知識を持っていたとは到底思えないんです」

「じゃあ誰かに造ってもらったんだろう」

「誰にですか？」

「知るか」

「太田黒さんには爆弾を造ってくれそうな知合いがいるんですか？」

「刑務所内には何人かいるがな」

「安東に、服役中の知人がいるとは思えません」

「おめえ、さっきから何が言いてえ」

「安東は自殺ではないということです」

岩間は笑みを浮かべている。

「安東があの銅像に登ったのは自分の意志なんだぞ」

「ええ。しかし、自分で爆弾を仕組んだとは思えないんです」

「じゃあ誰が仕組んだっていうんだよ」

「太田黒さん」

田沢が太田黒に声をかけた。

「東京スターボウ関係の聞きこみをお願いします」

太田黒は返事をしないで煙草を吸っている。

「岩間君と組んでください」

太田黒が舌打ちをした。

「がんばりましょう。先輩」

岩間がニコニコしながら太田黒に声をかけた。

⚽

典絵が息を切らしてスタープレス社に飛びこんできた。白いブラウスが汗でうっすらと透けている。

「どうした典絵、そんなに慌てて。テポドンの飛来でも目撃したのか？」

犬飼大志郎《いぬかいだいしろう》が典絵に声をかける。

「安東大吾が死んだんです！」

典絵の言葉に、みなは返事ができずにいた。

「安東って、東京スターボウの？」

小板橋《こいたばし》がようやく口を開く。

小板橋圭《けい》は二十六歳で、大志郎より四つ年下である。大志郎はこの小板橋をあまり好きではなかった。小柄な男で、中央大学の法科を中退している。

「そうです、東京スターボウの安東大吾です」

「ウソでしょう」

小板橋がそう言うと、典絵が細い目をさらに細めて「本当です」と答えた。

小板橋が典絵を見る。

黒木典絵が現在『週刊ヴァーチャル』の仕事とは別に、渋川徳治郎に関するノンフィクションを執筆中であることは誰もが知っていた。渋川徳治郎は七十歳になる、浦和レッドダイヤモンズ、通称浦和レッズの名物監督である。その関係から『週刊ヴァーチャル』におけるサッカー記事は黒木典絵の担当になっていた。

「冗談だろう」

大志郎は思わず呟《つぶや》いた。典絵は返事をしない。

(安東が死んだなんて、冗談に決まっている。だが、はたして彼女は冗談を言うだろうか?)

大志郎は訝《いぶか》った。冗談好きの大志郎とちがって、黒木典絵が冗談を言ったなど、聞いた事がない。

「本当なんですね」

小板橋の問いに、典絵は頷く。

「マジかよ」

大志郎は呟いていた。

「事故ですか？」

小板橋が質問する。

「それが」

典絵は眉をひそめた。

「安東は銅像に跨って爆死したんです」

「銅像に跨って……」

「爆死？」

お茶を運んできた沢シゲ子が尋ねた。沢シゲ子は、スタープレスの経理担当である。

「沢さん、知ってますか？　安東大吾を」

「もちろん知ってますよ。サッカー選手ですよね」

「沢さん、サッカー見るんだ」

小板橋が言う。

「息子が好きですからねえ。つきあいで見ます。中田、中村、それから、高原っていませんでしたか？」

「よく知ってるじゃないですか」

小板橋の言葉に沢シゲ子は満足げに頷く。

「どうして安東は銅像なんかに跨ったんだよ！」

部屋の奥から星野が怒鳴るように言葉を発した。

五十歳に近い星野は、大柄で、大きな鷲鼻《わしばな》と大きく鋭い光を放つ目のせいか、よく目立つ顔立ちをしている。

ライオンの鬣《たてがみ》のような白髪もトレードマークの一つだ。いつも青いスーツを着ている。

編集プロダクション、スタープレスの社長である。もともとはアロー出版という中堅出版社の名物編集者だった。だがその後、独立してスタープレスという編集プロダクションを設立した。主な得意先はアロー出版である。アロー出版の『週刊ヴァーチャル』という週刊誌の編集を一手に引き受けている。もっとも名前は週刊だが、実態は隔週刊である。公称五万、実売は三万部といった規模の雑誌だ。内容は総合情報誌で『週刊ポスト』や『週刊現代』のようなタイプ。スポーツ関係に強いことが特徴といえば特徴といえる。

「わかりません。でもホントなんです。皇居外苑の楠木正成像に安東は跨りました」

楠木正成像なら大志郎も知っていた。かなり大きな銅像だった筈《はず》だ。

「じゃあ、自殺か」

「それも判りません」

黒木典絵の息が徐々に整ってくる。

大志郎の記憶では、典絵はたしか二十二歳だった筈だ。女性にしては背が高いほうで、かなり痩せている。化粧はほとんどしていないのではないか。細い目が特徴だが、その目はいつも笑みを湛《たた》えていて優しさを感じさせる。勤務態度は至って真面目で、大志郎は典絵のことをいつも好感を持って眺めていた。

「あたし、外苑を歩いていたら、安東大吾の姿を見つけたんです。あの人、目立つから」

大志郎は頷く。

「もしかしたら渋川監督の話を何か聞けるかもしれないと思って近づいていったんです」

スタープレスの社員が全員、典絵の周りに集まった。

社員は社長を含めて五人しかいない。星野仙夢《せんむ》、犬飼大志郎、小板橋圭、沢シゲ子。あとは外部のライター、カメラマンなどを多数抱えている。

「そうしたら安東は、するすると楠木正成の銅像に登って」

典絵は今でも信じられないという顔で言葉を切った。

「楠木正成の後ろに坐ったんです。あたし、デジカメで撮ろうと思ってバッグを開けたら、その瞬間」

「爆発したのか？」

大志郎の言葉に典絵は頷く。

「怪我は？」

「あたしはかすり傷だけ。爆発した衝撃で倒れちゃって」

典絵は袖をめくって見せた。二の腕のかなり広い部分にかすり傷ができている。

「大丈夫か？」

「大丈夫です」

「ほかに怪我人は？」

「大きな怪我人は、たぶん、いないと思います」

典絵は袖を下ろした。

「しばらくして救急車やらパトカーが来たけど、自分で起きあがれない人はいないようだったから」

「それは不幸中の幸いだな」

星野が言った。

「典絵。安東が死んだのは確かなのか？」

「まちがいないと思います。下半身が滅茶苦茶になってたのを見ました」

典絵が目を瞑《つぶ》った。大志郎は辛《つら》い質問をしてしまったことを後悔した。

「写真は撮ったか？」

星野が尋ねる。

「撮る前に爆発して」

「いや、爆発した後の様子だ」

「あ」

典絵が目を瞑った。

「ごめんなさい。撮るの忘れました」

全員が落胆したのか、誰も言葉を発しない。

「ごめんなさい」

典絵が頭を下げた。

「あたし爆発の後、ぼんやり立ってただけだった。どうかしてました。救急車が来て、警官が来たのを、ただぼんやりと見ていて」

「典絵は爆発事故に巻きこまれたんだ。おまけに爆発したのは安東だ。気が動転して当然だよ。なあ小板橋」

大志郎は小板橋の肩を叩いた。典絵をかばったのだ。

「あたしは遠巻きの一人に過ぎなかったから、警察にも呼び止められなくて」

「そのまま帰ってきたんだな?」

星野の言葉に典絵は頷く。

「しかしこれはスタープレスにとって大きなチャンスだぜ」

星野がいつもの大きな声で言う。

「なにしろマスコミ関係者で安東の死の場面に立ち会ったのは黒木だけだろう」

「そうでしょうね」

小板橋が相槌を打つ。

「詳細な特集記事を組もう」

星野がタバコをくわえながら言う。安東大吾が死んだというのに、星野の声は生き生きとしてきた。

「黒木。悪いが『70才』の執筆を少しの間中断しろ」

「はい」

典絵が即座に答える。

典絵は現在、浦和レッズ監督の渋川徳治郎の人物像を追った『70才』というノンフィクション作品を執筆中なのだ。完成したら、アロー出版から出版する予定になっている。

「犬飼」

「なんすか」

「黒木のサポートをするんだ」

「いやそれは」

「どうした？」

「社長。小板橋に頼んでくださいよ。俺にサッカー記事は無理だ」

「どうしてだよ」

大志郎は答えない。

「サッカーは嫌いか？」

「嫌いですね」

「どうして」

「まず手を使わないのが不自然すぎる」

「サッカーで手を使ったら反則だろうが」

「それが人間の本能に反してるってんですよ。ボールが飛んできたとき、手でよければ安全でしょうが」

「そんなこと言ってたらサッカーにならねえぜ」

「それにサポーターが気に喰わねえ。たかがサッカーにあんなに大騒ぎしなくったっていいでしょう」

「そんなのは勝手だろう」

「とにかくイヤなんですよ。サッカーなんて、しょせんは子どもの遊びだ」

「お前、サッカーに詳しくないな」

星野が謎が解けたとでも言いたげな顔で言った。

「今からサッカーに詳しくなれ。これは業務命令だ」

「そんな乱暴な」

「黒木一人じゃ足りねえんだよ。判るだろ、それぐらい」

「僕がやりますよ」

小板橋が言った。

「お前は自分の仕事があるだろう」

小板橋が星野に窘《たしな》められる。小板橋は官僚の天下り問題を扱っていて、たしかに他の仕事を手伝える状況ではない。

その点、大志郎は現在、遊軍的な立場にいる。昔のサッカー用語でいえばリベロといったところだ。典絵を手伝うとしたら大志郎しかいない。

「いいか犬飼。このネタには大げさなことをいえば我が社の命運がかかってるんだよ。逆らうことは許さん」

「ああ、サッカーか。やだやだ」

大志郎が大げさに嘆いてみせる。

「もう決まりだからな」

「犬飼さん。よろしくお願いします」

典絵が頭を下げる。大志郎は返事をしない。

「でも、どうして安東は銅像に登ったりなんかしたんでしょう」

沢シゲ子が言った。

「そういえば安東さん、爆発が起こる前に、少し笑ったような気がしました」

「笑った？」

典絵が頷く。

「それは面白いな。さっそく打合わせをしようじゃねえか」

星野は打合わせ用の部屋に向かった。

⚽

SF作家、新崎蓮《しんざきれん》のもとに安東大吾爆死の報が入ったのは午後七時を過ぎてからだった。

新崎は背が高く、銀縁の眼鏡がよく似合い、知的なタイプと目されている。六本木のバーで女性と食事をしていたが、携帯電話で連絡を受けるとすぐさま東京スターボウ本社に駆けつけた。そこにはすでにオーナー会社の社長や東京スターボウ社長、広報スタッフ、コーチの何人かが集まっていた。

「新崎さん」

新崎が部屋に入るとオーナー会社社長、鈴木馨《かおる》が声をかける。鈴木は現在、四十七歳。一代でゲームソフト会社マニックスを一流企業に育て上げたカリスマ的プログラマにして経営者である。華奢《きゃしゃ》な体つきと薄くなり始めた頭髪からは、とてもそうは見えないのだが。

「鈴木さん。安東が死んだって、本当ですか」

「本当です」

みな眉間《みけん》に皺を寄せている。

「今日、安東の自宅近くの寺で仮通夜が行われます。葬式は三日後に手配しました」

新崎が無言で頷いた。まだ信じられないのだ、安東が死んだとは。

「安東は皇居外苑の楠木正成像に跨って爆死したんです」

そのことはすでに電話で聞いた。

「自殺ですか？」

「わかりません」

安東はどうしてそんな死に方をしたのか？　新崎には想像できなかった。

「監督」

コーチの一人が新崎に呼びかけた。

「大変なことが起こりましたね」

新崎は頷いた。

安東大吾の死はJリーグ全体にとっての損失だが、東京スターボウにとってもリーグ戦を戦う上での戦力的損失は計り知れない。

第二ステージの開幕は既《すで》に五日後に迫っている。

今年のJリーグは、日本A代表西山智之と代表候補の福井幹夫というツートップを擁する静岡フェニックスの天皇杯優勝で幕を開けた。

相手はジュビロ磐田である。

第一ステージは、渋川徳治郎監督率いる浦和レッズの初優勝で幕を閉じた。優勝を争ったのは浦和レッズ、静岡フェニックス、横浜F・マリノス、ジュビロ磐田の四チームである。

だが、第一ステージ後半になると、突然、東京スターボウが怒濤《どとう》の連勝を続け、上位四チームに肉薄した。この勢いで第二ステージを戦えば、優勝も見えてくる。誰もがそう思った。

その矢先の安東の事件である。

ここで安東大吾が抜けたら、優勝はおぼつかない。

東京スターボウには、ミッドフィルダーの山野井《やまのい》昌彦という日本を代表するスター選手がいるが、安東大吾は山野井に勝るとも劣らぬ人気選手だった。

また、安東は今年初めて、ワールドカップを戦う日本A代表の候補選手にも選ばれていた。

新崎は安東大吾の死を悔しく思った。

友であり部下でもある人間が死んだことによる衝撃。それに加えて貴重な戦力を失う無念。もともと新崎が東京スターボウの監督の座に坐ることには、内部、外部からの猛烈な反発があった。

新崎蓮は高校、大学とサッカー部に所属していたが、Jリーグに関わった経験は皆無だった。

新崎蓮はSF作家である。デビュー作は、コンピュータをテーマにしたSF作品で、百万部を超えるベストセラーとなった。

その後も発表する作品がことごとくヒットした。

やがて新崎はマスコミにも頻繁に登場するようになり、テレビ番組のコメンテーターも務めるに至った。

銀縁の眼鏡がよく似合う知的な風貌に加え、そつのない受答えが好感を持って迎えられ、新崎は有名人の仲間入りを果たした。

今ではSFファン、読書好きはおろか、読書に興味のない人々や小学生にまで、テレビを通じてその名が知られるようになっている。

やがて新崎がかなりのサッカーマニアであることも判ってきた。そうするとマスコミ側もサッカーに対するコメントを新崎に求めることが多くなる。そしてその中で新崎が東京スターボウの熱烈なファンであることも判明した。

東京スターボウがリーグ最下位でシーズンを終えると、新崎は監督の責任を追及する発言を行った。やがて選手の起用法などについても頻繁に発言するようになる。

——私が監督なら。

新崎はしばしば枕詞《まくらことば》のようにこの言葉を使った。

だからといって新崎にJリーグチームの監督が務まるわけがない。誰もがそう思った。J1サッカーチームの監督になるには、通常、Jリーグ規約百十三条により、S級指導員資格を有していなければならないが、新崎はその資格を持っていなかった。

だが……。

東京スターボウのオーナーであるマニックスの経営陣が、新崎蓮の知名度と話題性に目をつけた。

マニックスは新崎蓮に正式に東京スターボウ監督就任を要請したのである。

新崎はその要請を受け、S級指導員試験を受けることになった。S級指導員試験を受けるには、次の三項目のうち、いずれか一項目を満たしている必要がある。

一、B級指導員資格をすでに取得していること。

二、国際Aマッチ試合二十試合以上に出場、もしくはJリーグ公式戦二百試合以上に出場経験があること。

三、技術委員が特に認めた者。

新崎蓮は、受験資格の〝三、技術委員が特に認めた者〟に該当することになり、受験資格を得た。その後、マニックスの協力を仰ぎながら一年かけてS級指導員資格を取得した。

こうしてSF作家監督、新崎蓮が誕生したのである。

ただし、マニックスのスタッフは監督就任要請に当たって、新崎に一つの条件を提示した。

それは、采配をすべてコンピュータによって行うというものだった。

マニックスはJリーグをテーマとしたゲームソフトを制作していて、データは充分に揃っていた。新崎も、もともとコンピュータ会社に勤務していて、双方の共通点は多かった。

新崎はマニックスの要請を全面的に受諾した。

選手のあらゆるデータをコンピュータに入力し、コンピュータによってスターティングメンバーを決定する。

スターティングメンバー決定ソフトは新崎の監修の下、マニックススタッフが作成した。

練習メニューから当日の戦略まで、すべてコンピュータソフトが決定した。

試合中も新崎はノートパソコンのキイを叩きながら采配を振るう。

そんな新崎の姿に、多くのサッカーファンは反発した。


――コンピュータにサッカーができるか！

一斉に、ファンやJリーグ内部からの、新崎＝東京スターボウ叩きが始まった。

シーズンが始まると、東京スターボウは例年と同じように低迷した。なかなか勝てない日が続いたのだ。

――それ見たことか。

新崎＝東京スターボウを罵倒《ばとう》、攻撃した人々は、溜飲《りゅういん》を下げた。早々と新崎蓮監督更迭《こうてつ》論も飛び出した。

だが……。

東京スターボウは徐々に勝率を高めていった。

――どうせ偶然さ。

そう思って高をくくっていた反《アンチ》新崎＝東京スターボウ派のサッカーファン、関係者たちだったが、大方の予想に反して、東京スターボウの高い勝率は下がらなかった。

他チームは、コンピュータに負けるわけにはいかないと必死になって東京スターボウと戦ったが、徐々にペースを掴んだ東京スターボウは見違えるように強くなった。計算し尽くされた練習メニューに、最適のスターティングメンバー。そこには情の入り込む余地はなかった。

そして、一分の隙《すき》もない戦略、戦術……。

他チームが焦れば焦るほど東京スターボウは力を発揮した。

第一ステージ後半、東京スターボウは新崎蓮新監督の下、勝ち続け、最後にはあわや優勝争いに絡《から》もうかという位置にまで昇った。

終わってみれば、東京スターボウは優勝した浦和レッズ、二位静岡フェニックス、三位ジュビロ磐田、第四位横浜F・マリノスに続いて第五位という好成績を残した。

東京スターボウサポーターは最初、この事態にとまどっていた。

ほとんどのサポーターが新崎の監督就任には反対だったのだ。だが、いざふたを開けてみて東京スターボウが好成績をキープすると、新崎に対する反発は徐々に鳴りをひそめていった。

——コンピュータが采配を振るっても、実際にプレーするのは人間じゃないか。

サポーターたちはやがてその事実に気づき、チームを最下位から第五位に導いてくれた新崎監督を受け入れた。

もちろん実際にピッチで働いたのは、山野井昌彦であり、安東大吾だった。彼らの獅子奮迅の働きがなかったら、新崎蓮といえども、東京スターボウをいきなり第五位に押し上げることはできなかっただろう。

その安東が爆死……。

「どうしてこんなことが起きたんです」

新崎が鈴木に尋ねる。

「わからないんです、何も。自殺なのか、他殺なのか、それとも不幸な事故なのか。まったくわからないんですよ」

「安東は何かに悩んでいるということはなかったのかね?」

東京スターボウ社長の森木が新崎に尋ねる。森木は元マニックスの役員で、今年四十五歳になったばかりの若い社長だった。スポーツの経験はないが、マニックス時代は遣り手《やて》の称号を得ていた人物である。その精悍《せいかん》で、なおかつ貫禄のある風貌は、森木を実年齢よりも年上に見せていた。

「ありません。安東は絶好調だった」

新崎の脳裏に安東がセンターバックとしてプレーしている姿が浮かんだ。その巨体はどんな攻撃をも撃退してくれるようで頼もしかった。日本代表チームのレギュラーに推す声も出始めていた。

周囲の評判に気をよくしたのか、このところの安東は、身体の動きも、表情も、生き生きとしていた。自殺などは考えられない。

「これから、安東抜きで東京スターボウは戦えるのかね？」

森木が新崎に尋ねる。

新崎は咄嗟《とっさ》に戦力分析を行った。

（安東の穴を埋めるとすれば田中陽一だが）

安東と同い年の田中だが、安東に比べるとどうしてもひ弱な印象は拭えなかった。

「どうなんだ？」

「やるしかないでしょう。優勝がかかっています。幸いうちには山野井という天才ミッドフィルダーがいます」

新崎自身も是が非でも優勝を勝ち取りたかった。監督就任にあたって、あらゆる非難を浴びせかけられたのだ。その反《アンチ》新崎たちの罵詈雑言《ばりぞうごん》を封じるには、優勝するしかない。また、それを狙える位置にまで来ている。

「安東の死を、戦うエネルギーに変えるんだな」

安東の死は戦力値の減少を意味するだけだ。新崎は森木社長の言葉を懐疑的に聞いていた。

仮に死が何らかの精神作用をもたらすとしても、安東の死に方は異常すぎる。何かとんでもない秘密、もしかしたら東京スターボウにとっても歓迎すべからざる真相が隠されているかもしれないではないか。

だが、新崎は何も言わずに頷くだけだった。

⚽

翌日の捜査会議では、聞きこみや現場捜査を終えた、あるいは鑑識に出向いていた刑事たちが様々な報告を行っていた。

「現場の残留物の中から、爆発物のリモコンスイッチ、これはつまり遠隔操作用の装置のことですが、それが見つかっています」

銀座署の瀬尾刑事の報告に、どよめきが起こった。

おそらく五十歳を過ぎているであろう瀬尾は、きちんとプレスした背広を着こなしている。

「そのスイッチは今回の爆発物のスイッチにまちがいないのか？」

捜査本部長の田沢が瀬尾に尋ねる。

「まちがいありません。科捜研の検査結果が出ています」

瀬尾は爆発物の簡単な想像図をホワイトボードに描く。

基本的には小型の鉛管に詰められた火薬が遠隔操作で爆発させられたものと思われる。鉛管には無線操縦装置の受信部分と、豆電球のフィラメント部分が取りつけられていた。その遠隔操作装置によってフィラメントに点火し、爆発を起こしたのだ。

「そのスイッチは、安東自身が押したものなのだろうか」

「それについて目撃者があります」

本庁から来た千原《ちはら》という若手刑事が立ち上がる。太田黒もよく知る刑事で、パートナーの岩間と同じくブランド物のスーツを着こなしている。だが岩間と違い、背が高く優男《やさおとこ》である。

「爆発の直後、倒れていた目のパッチリとした若い女性が立ち上がり、リモコンらしき物を近くに放り投げて現場から立ち去っています」

「目のパッチリとした女性？」

「はい。この女性の目撃者は実は二名いまして、一人は現場付近に勤めるＯＬ。もう一人はたまたま通りかかった営業マンです」

「二人の証言内容は一致するのか？」

「はい。二人とも目のパッチリとした女性が、リモコンらしき物を放り投げて現場から立ち去ったと言っています。現場で発見されたリモコンスイッチは、その女性が放り投げたものと思われます」

「ふむ」

田沢が顎に手を当てた。

「では、その目撃された女性が犯人だということだな」

その女性の放り投げた物が爆発物のリモコンスイッチと思われるのだから、そういうことになる。捜査員たちは田沢の言葉に頷いた。

「安東が頼んだのかもしれねえぜ」

太田黒が言った。

「安東が自分の意志で銅像に登ったのは間違いねえ。だったら、そこに爆発物を仕込んだのも安東だろう」

「まだ特定する段階ではない」

田沢がそう言うと太田黒は鼻で笑って煙草を灰皿に押しつけた。

「いずれにしても、リモコンスイッチを放り投げた女性が事件の鍵を握っていることはまちがいない。その女性の割り出しに全力を挙げること。それが当面の仕事だ。ただし、その女性のデータはマスコミには伏せておくこと」

太田黒の横で、岩間がにやけた笑みを浮かべながら頷いていた。

## 2

八月十二日。

今年完成したばかりの東京スターボウホームスタジアム、新東京スタジアムで安東大吾のチーム葬が執り行われた。

第二ステージが始まる二日前である。

安東大吾に報いるためにも、是が非でも優勝をもぎとってくれと東京スターボウのサポーターたちは願っていた。

会場はグラウンド内に設置され、関係者が参列した。また、観客席が別れを惜しむファンのために開放された。

犬飼大志郎と黒木典絵はグラウンド内に潜りこむことができた。

新東京スタジアムは中野区に建てられた開閉型ドームスタジアムである。

観客収容人数は六万人。

大志郎は観客席を見渡した。今日は東京スターボウのファンを中心に、満員になっている。

「すごい人数ですね」

「ああ。金正日の誕生日かと思ったぜ」

大志郎が言うと典絵は窘《たしな》めるように大志郎を睨んだ。

場内はざわめいている。大志郎は観客席からグラウンド内の会場に目を移した。

長男を失った安東の両親が大阪から駆けつけてきている。父親は元トラック運転手。現在は安東がらみの会社を創っている筈だ。

両親の隣には安東の二人の弟、そして未亡人となった安東の妻、祥子《しょうこ》が並んでいる。

親族の列の後ろには、東京スターボウ関係者が並ぶ。

親会社マニックスの社長、鈴木馨。

チームメイトだった山野井昌彦、田中陽一、南波勝夫、ハワード、ロドリゲス……。

今は浦和レッズ監督となったかつての監督、渋川徳治郎……。

典絵が渋川に会釈をしている。

他チームのスター選手も、安東と同年代の選手を中心に顔を揃えている。

鹿島アントラーズの名良橋《ならはし》晃、中田浩二。

浦和レッズの室井、山田、岡野雅行。柏レイソルの明神《みようじん》智和。

東京ヴェルディの三浦淳宏《あつひろ》。横浜F・マリノスの松田直樹、波戸《はと》康広、久保竜彦、奥大介。

清水エスパルスの澤登正朗《さわのぼりまさあき》、森岡隆三。ジュビロ磐田の中山雅史、服部年宏、名波《ななみ》浩。

静岡フェニックスの福井幹夫、西山智之。

名古屋グランパスエイトの楢崎正剛《ならざきせいごう》、秋田豊。ガンバ大阪の宮本恒靖。セレッソ大阪の森島寛晃。ヴィッセル神戸の三浦知良《かずよし》。などなど……。

「すごい。かつての、あ、いえ、今でもですけど、スター選手が勢揃いしてます」

「興味ないな」

大志郎は欠伸《あくび》をした。

「犬飼さん。もう少し真剣になってください。仕事なんですよ」

「むりやり押しつけられた仕事だぜ」

「承諾した時点で、責任は犬飼さんにあります」

「まいったな」

大志郎は後頭部に手を当てた。

「ニュースで見ました。リモコンが発見されたそうですね」

典絵が真剣な面持ちで大志郎に話しかける。

「ああ。現場から爆発物のスイッチと見られるリモコンが発見された。となると警察の見解は他殺に傾いているだろうな」

場内のざわめきが止んだ。

東京スターボウ監督、新崎蓮の弔辞《ちょうじ》が始まったのだ。

――安東大吾君。君は我が東京スターボウ、いや、日本サッカー界、ひいては世界のサッカー界にとってかけがえのない人材でした。

新崎はメモ用紙を見ずに話している。

その話しっぷりは堂々としていて、ある種のさわやかささえ感じさせた。

大志郎は新崎の弔辞を感心しながら聞いた。

新崎が弔辞を終えた。会場内から拍手が湧き起こる。大志郎も典絵も拍手を送る。

やがて拍手が徐々に収まっていく。大志郎も典絵も拍手の手を収めた。だがその中で、ひときわ熱心な拍手を続けている者がいる。

大志郎はその音が聞こえる方角に視線を移した。

熱心な拍手を送っているのは若い女性である。

目のパッチリとした可愛らしい顔立ちの女性だ。だがそれが誰なのか、大志郎にはまったく心当たりがなかった。

⚽

安東大吾爆死事件は、連日マスコミによって大々的に報道され、また警察も必死になって捜査に当たった。だが、真相に近づく進展は見られなかった。マスコミの報道も同じ情報を繰り返すだけだった。

八月二十九日。

典絵は一人で新東京スタジアムに来ていた。

東京スターボウ対名古屋グランパスの試合。

事件から五日が経った八月十四日、土曜日にJリーグ第二ステージが開幕した。

初戦、安東大吾を失った東京スターボウは、その衝撃から立ち直れず、ジェフ市原に敗退した。だが次の試合で立ち直り、むしろ選手たちは発憤し、セレッソ大阪戦に勝利を収めた。

安東大吾を失った東京スターボウ、新崎監督は、初戦、第一ステージと同じ3―5―2という布陣で戦った。だが敗北を喫すると、そのデータをすぐさまコンピュータにインプットし、新たな布陣を導き出した。それは最終ラインを厚くした4―4―2という布陣だった。

これが当たったのか、安東の穴を埋めるべく抜擢《ばってき》された田中陽一の動きが見違えるようによくなったのだ。

そして第三戦、今日が新崎監督、そして東京スターボウの掲げるコンピュータサッカーの真価を問われる一戦と目されていた。

選手たちがピッチに立った。

ピッチとは、試合を行うグラウンドのことで、タッチラインとゴールラインに囲まれた部分のことだ。ピッチの外側も含めたサッカーの試合が行われる場所はフィールドと呼ぶ。

ホイッスルが鳴り、試合が始まった。典絵はノートを手に観戦する。

典絵はどちらかというとあまり東京スターボウが好きではなかった。もちろん、もともと浦和レッズのファンなので、レッズ初優勝の妨げになりそうな東京スターボウに負けてほしいという気持ちもある。だがそれ以前に、サッカーにコンピュータを持ちこむチームの姿勢が好きになれないのだ。このことは誰にも言わないでいる。

場内に悲鳴のような声があがった。名古屋グランパスのミッドフィルダー、山口慶がミドルシュートを放ったのだ。だが東京スターボウのディフェンス、田中陽一がクリアした。拍手が沸き起こる。

名古屋グランパスのベルデニック監督が、大声を張りあげ、動き回って指示を出しているのに比べ、東京スターボウの新崎監督は、坐ったまま小型のノートパソコンを叩いているだけだ。声をあげて選手に指示を出すこともない。

選手よりもむしろ新崎監督を見ているうちに前半が終了した。

○対○。

(後半、新崎監督は動くのかしら)

典絵は再びノートを広げてピッチに目をやる。

後半戦が始まった。

場内アナウンスで両チームのメンバーが発表される。

名古屋グランパスはメンバーの入れ替えなし。東京スターボウの方は、ベテランのミッドフィルダーを新人に替えた。

(これがコンピュータが弾きだした作戦)

典絵は新崎監督、そして監督が操作したコンピュータの選手起用に注目する。

後半戦開始早々、名古屋グランパスのフォワード、ウェズレイが強烈なシュートを放った。

だが東京スターボウのゴールキーパーが反応よく飛びこんでゴール枠外に弾きだした。

その直後、東京スターボウのフォワード、山野井が長身を活かし、クロスのボールを頭で合わせた。ボールは楢崎の手の先をかすめ、ゴールネットに弾んだ。

スタジアムが大歓声に包まれた。

典絵は冷静にその様子を見ていた。

結局、この一点が決勝点になって東京スターボウが勝利を収めた。連勝である。

典絵は携帯電話で各地のゲーム結果を確認する。浦和レッズも勝利を収めていた。

第三節を終えた時点で、上位十チームは得失点差を入れて以下の通り。

一位　横浜F・マリノス　（三勝〇敗）
二位　鹿島アントラーズ　（三勝〇敗）
三位　静岡フェニックス　（二勝一分）
四位　浦和レッズ　（二勝一分）
五位　ジュビロ磐田　（二勝一敗）
六位　東京スターボウ　（二勝一敗）
七位　清水エスパルス　（一勝二分）
八位　名古屋グランパスエイト　（一勝一敗一分）
九位　ジェフユナイテッド市原　（一勝一敗一分）

十位　柏レイソル　（一勝二敗）

初戦を敗退したにも拘《かか》わらず、東京スターボウは第一ステージに続いて第六位と健闘している。だが上位五チームはいずれも強豪揃いだ。それでも東京スターボウサポーターたちは、今後の東京スターボウの快進撃を信じて騒いでいた。

⚽

暑かった八月が終わり、九月に入った。

八月はオリンピックの月だった。日本中がアテネオリンピックに沸いた。

年齢制限のないワールドカップと違い、オリンピックのサッカーはU―23、すなわち二十三歳未満の選手中心のチーム編成が義務づけられている。オーバエイジと呼ばれる二十三歳以上の選手は三名までしか出場が認められていないのだ。

連日熱戦が続いたが、最後はアルゼンチンが優勝を勝ち取った。

日本代表はその潜在能力の高さを世界に示した。

大志郎と典絵は西新宿にある〈ボランチ〉というバーにやってきた。生前、安東がよく通ったバーであることを突き止めたのだ。

まず客を装って店内の様子などを摑もう――そう思って寄ってみた。

シティホテルの地下一階に〈ボランチ〉はある。

店内はカウンター席だけで、マスターが一人で賄《まかな》うことのできる広さしかない。

午後六時。

まだ早すぎたのか、客は誰もいなかった。

マスターは背は高くないが、がっしりとした体つきをしている。肉が程良くついた丸顔に、口髭がよく似合っている。

典絵はホワイトレディー、大志郎はダイキリを頼んだ。

「お客さん、初めてですね」

人の好さそうなマスターが二人に話しかけてくる。

「ええ。感じのいいお店ですね」

典絵が答える。

「ありがとうございます」

「マスターはサッカーが好きなんですか？」

店名がサッカー用語だ。ボランチとは、簡単に言えば守備的ミッドフィルダーを指す。もともとはポルトガル語で操縦・ハンドルを意味するが、サッカーにおいては、相手の攻撃の決定的なパスを阻止し、カウンター攻撃などの反撃の起点となったり、ディフェンスのカバーをしたりする選手のことだ。以前は使われなかった用語だが、ここ十年程、ボランチという役割はかなり重要度を増しているようだ。柏レイソルの明神などが代表的なボランチといえるかもしれない。

以前はウィングという言葉もよく使われた。三人のフォワードで攻めるスリートップの攻撃システムで、両サイドに位置するフォワードのことだ。ちなみにディフェンダーの両サイドはサイドバックと呼ぶ。

またスイーパーという言葉も使われていた。ディフェンダーの最後尾で守備に徹し、あらゆる相手ボールをサイドラインなどにクリアしてしまう最後の砦《とりで》だ。

攻撃とも守備とも決められていない、自由に動き回るリベロというポジションも注目度が高かった。普段はディフェンスだが、チャンスと見るや積極的に攻撃に参加する役割。

また、コーナー付近からゴール前にボールを上げるクロスは、センタリングと言っていた。

「そりゃあもう」

マスターはうれしそうに笑った。

「どこのファンですか?」

「私は中立ですよ。強いて言えば日本代表チームのファンですな」

いろいろなチームのサポーターが集まる店のマスターとしては、そう答えざるをえないのだろう。

「どうですか、今年のチームは」

すでに日本代表Aチームは、ワールドカップ・ドイツ大会のアジア予選を順調に勝ち進んでいる。

予選の組み合わせは、恵まれたといえる。

アジアは一組から八組に分けられるが、日本は、オマーン、インド、シンガポールと同じ三組だ。それぞれホーム、アウェイで計六試合を戦う。

世界ランク二十八位の日本に対し、シンガポール百八位、インド百三十九位と、滅多なことでは負ける相手ではない。もちろん、格下の相手にも負けることがあるのがサッカーだが、警戒が必要なのは世界六十六位、アジア八位、昨年、韓国に勝った実績があるオマーンだ。日本はそのオマーンに二月十八日の一次予選初戦のホームで、ロスタイムに入ってからの久保の奇跡のゴールにより勝利し、続くシンガポール、インドと連勝した。

このまま順当に勝ち進めば、翌年にはアジア最終予選に出場することになる。

アジア最終予選に向けてジーコ監督が選んだ日本A代表候補は次の四十四名である。

ＧＫ　楢崎正剛（名古屋）、川口能活《よしかつ》（ＦＣノアシェラン／デンマーク）、曽ケ端準《そがはたひとし》（鹿島）、土肥洋一（ＦＣ東京）、都築《つづき》龍太（浦和）

ＤＦ　宮本恒靖（G大阪）、松田直樹（横浜）、坪井慶介（浦和）、山田暢久《のぶひさ》（浦和）、三都主《サントス》

（浦和）、根本裕一（大分）、茂庭照幸（FC東京）、新井場徹《あらいばとおる》（鹿島）、加地亮《あきら》（FC東京）、安東大吾（東京スターボウ）、中澤佑二（横浜）

MF　中田英寿（ボローニャ／イタリア）、中村俊輔（レッジーナ／イタリア）、小野伸二（フェイエノールト／オランダ）、稲本潤一（フラム／イングランド）、藤田俊哉（磐田）、福西崇史《たかし》（磐田）、遠藤保仁（G大阪）、石川直宏（FC東京）、松井大輔（京都）、阿部勇樹（市原）、森崎和幸（広島）、森崎浩司（広島）、奥大介（横浜）、山瀬功治（浦和）、小笠原満男（鹿島）、山田卓也（東京ヴェルディ）、山野井昌彦（東京スターボウ）

FW　高原直泰《なおひろ》（ハンブルガーSV／ドイツ）、本山雅志（鹿島）、鈴木隆行（ヒュースデン・ゾルダー／ベルギー）、大久保嘉人（C大阪）、柳沢敦（サンプドリア／イタリア）、玉田圭司《たまだけいじ》（柏）、久保竜彦（横浜）、田中達也（浦和）、坂田大輔（横浜）、福井幹夫（静岡）、西山智之（静岡）。

いずれ劣らぬ才能の持ち主たちだが、この中から最終予選までに二十名に絞らなければならない。さらに秘密兵器として、浦和レッズのエメルソンがいる。彼が日本に帰化することができれば、日本代表の権利を得る。元ブラジル人の呂比須《ロペス》や三都主に続く海外生まれの日本代表になるわけだ。だがエメルソンはU—19のブラジル代表に選ばれた実績があるので、FIFAの規定に抵触する可能性もある。FIFA（フィファ）とは国際サッカー連盟のことで、フランス語の Fédération Internationale de Football Association の頭文字だ。

「悪くないと思いますね。特に海外組が増えたから、海外組だけでスターティングメンバーを組むなんて事もできる。戸田や廣山だって呼びたいし」

典絵が頷く。

「お客さんはどこのファンです？」

客もサッカーファンであると端《はな》から決めてかかっている。

「西武ライオンズ」

大志郎が答えた。

「は？」

マスターは力のない声で答えると顔を曇らせた。

「すみません、東京スターボウです。この人、冗談が好きで」

マスターが気の抜けたような笑い声をあげた。

「あたしたち、二人とも東京スターボウのファンで」

「サポーターですか？」

「そこまで熱心とは言い難いけど。でも、ファンである事には変わりありません」

「そうですか」

マスターはどう話を繋ごうか迷っている風《ふう》にグラスを拭いている。

「安東の事件は信じられませんね」

ついに意を決したかのようにマスターが安東の話題に触れた。

「本当に。今でもショックで」

典絵が答えた。

「安東さん、よくいらしたんですよ」

「知ってます」

「え？」

「実は、私たちは週刊誌の記者なんです」

マスターが驚きの声をあげたが、典絵の言葉には大志郎も驚かされた。いきなり素性を明かすとは。

大志郎は横目でちらりと典絵を見た。

（露見《ばら》してもいいのか？）

そう訊いたつもりである。典絵は頷いた。

「そうですか」

マスターは怒った風もない。

「俺は『週刊ヴァーチャル』の犬飼といいます」

「黒木です」

大志郎と典絵は名刺を渡す。

マスターは名刺を受け取って一瞥すると、カクテルを作りだした。

「東京スターボウのファンというのは本当ですか」

マスターが犬飼の目を見ずに尋ねる。

「あながちウソでもありません」

典絵が大志郎を見た。

ドアが乱暴に開けられた。

振り向くと中年の男と若い男の二人組が立っている。男たちはズカズカと店内に踏みこんできた。

「酒はいらない」

中年の男が大きな声で言った。

「ちょっとお客さん」

「客じゃねえんだ」

「警察の者です」

すかさず若い男が胸ポケットから名刺を出した。マスターは若い男の差し出した名刺をまじまじと見つめる。

「マスターですか？」

「ええ」

「僕は岩間といいます。こちらは太田黒です」

太田黒は名刺も出さない。

「安東大吾がよく飲みに来てたそうだな」

太田黒が言うとマスターは「ええ」と頷いた。

「お前たちも会ったことがあるか？　安東に」

太田黒が大志郎と典絵に尋ねた。

「太田黒さん。もう少し丁寧に訊いてください」

岩間が太田黒の袖を引いている。

「別に乱暴に訊いてるつもりはねえ」

「おいおい、ひどい刑事だな」

大志郎が呆れたような声を出した。

「すみません」

岩間が謝る。

「これが普段の口調なんです」

「会ったことはないよ」

大志郎が答える。

「この店に来たのは初めてなんだ」

大志郎の答を聞くと、太田黒は「ふん」と鼻で笑った。

「安東が最後に来たのはいつだ？」

太田黒がマスターに向き直る。

マスターは考えている。

「亡くなる一週間ほど前だと思います」

岩間がメモ帳を取り出す。

「正確に判るか？」

マスターは太田黒と岩間にスツールに坐るように勧めてから、カウンター内部の壁に貼られたカレンダーを見て考えだした。

「今日と同じ、火曜日ですね」

「確かか？」

岩間と太田黒は大志郎の隣に坐る。

「ええ。その翌日が休みだったから覚えてます。うちは水曜が定休日なんですよ」

「その時、安東はどんな様子だった？」

太田黒が尋ねると、マスターは下を向いた。

「どうした」

「ええ。それが」

「何か知ってるのか？」

マスターは困ったような顔をしている。

「思い出したのは昨日なんです」

「何を」

「偶然、聞いてしまったんですよ」

メモを取っていた岩間が顔を上げる。大志郎もマスターの言葉に注目する。

「何を聞いたんだ」

「安東さんが、そこの電話で話してるのを」

マスターは店の隅にある公衆電話を顎で指した。

「ここは地下でケータイが繋がりにくいですからね」

「話の内容は？」

「聞く気はなかったんですが、たまたま私がトイレに行くときに聞えてしまって」

「そんなこたあどうでもいい。安東はどんな話をしてたんだよ」

「田中に殺されるかもしれないと」

「え」

典絵が声をあげた。

「ごめんなさい。あたし田中陽一のファンだから、つい」

太田黒は典絵を一瞥すると、すぐにマスターを睨みつけた。

「いえ、だから、盗み聞きなんてする気じゃなかったんです」

「いま何て言ったんだ」

「だから、田中に殺されるかもしれないと」

「田中に殺される？　安東がそう言ったのか」

「ええ」

「お前、そんな重要なこと、なんで警察に通報しなかった」

「だから言ったでしょう。忘れてたって」

「殺されるかもってえことを忘れるのか」

「すみません。それほど重要だなんて思わなかったんです」

「安東は犯人を名指ししてるんだぞ」

「その時はただの冗談だと思ってたんです。ほら、よく冗談で言うでしょう。殺されるよ、とか」

「実際に死んじまったんだぞ、安東は」

「それで、安東さんのことをよく考えるようになって、昨日、ようやく思い出したってわけで」

「だったらさっさと知らせろ」

「すみません。でもその言葉、どこまで信憑性《しんぴょうせい》のある言葉か、いまだに迷ってまして。だって、やっぱり冗談だったたって事もあるでしょう?」

「その判断はこっちでする」

マスターが肩をすくめた。

「で、誰なんだ、田中って」

「わかりません」

マスターは即座に答える。

「私も昨日から考えてるんですよ。田中って誰だろうって。でも、うちのお客さんで田中さんなんて思い当たらないんです」

「よくある名前だろうが」

「でも、お客さんで名前を知ってる人は案外、少ないんです」

「本当に田中だったのか?」

大志郎が口を挟む。

「太田黒じゃなかったか?」

「田中ですよ。それだけはハッキリ思い出した」

「まさか本当に東京スターボウの田中陽一じゃないでしょうね」

岩間が笑顔のまま言った。おそらく冗談のつもりだろう。だが大志郎は笑わずに、顔を強ばらせた。

⚽

翌日、犬飼大志郎と黒木典絵は世田谷区深沢にある安東大吾のマンションを目指して歩いていた。

すでに典絵のブラウスには汗がにじんでいる。

「一ヶ月以上経ったけど、こんなことが起こるなんて、いまだに信じられないわ」

大志郎は答えなかった。

「犬飼さんはどう思います？　自殺？　それとも他殺？」

「さあな」

「気のない返事ですねえ」

「興味ねえよ」

「でも、日本中の人が大騒ぎしてる話題ですよ。それを週刊誌のライターが興味ないなんて少し変ですね」

いつもながら典絵の洞察力には感心させられると大志郎は思った。

「何かわけがあるんですか？　乗り気になれないわけが」

典絵は微笑を浮かべている。人を責めているのではない。典絵は人の気持ちにいつも敏感で、決して人の嫌がる話題は持ち出さない気遣《きづか》いのある娘なのだ。珍しく大志郎に立ち入ったことを尋ねたのは、おそらく大志郎の心になんらかのわだかまりがあり、そのわだかまりを吐露することが大志郎のためになるのではないか。そこまで考えてのことなのだろうと大志郎は思った。

「わけなんてねえよ」

「ならいいですけど」

典絵はその話題をうち切った。

「着いたようだぜ」

かなりの高級マンションだ。

一階が深夜まで営業しているレストランで、布張りだがやけに丈夫そうな庇《ひさし》が目につく。

「夜遊びの好きな連中には便利なマンションだな」

「またそんな口の悪いことを」

典絵が笑った。

優しげな細い目がいっそう細くなる。

安東大吾はこのマンションの301号室に住んでいた。今は未亡人が一人でいるばかりだ。

同じマンションの704号室には静岡フェニックスのFW、福井幹夫がいる。東京用の住居として購入したらしい。

大志郎と典絵はエントランスのインタフォンで、未亡人、安東祥子に来訪の意を告げる。事前に約束を取りつけておいたのでガラスドアはすぐに開いた。

エレベーターで三階まで上がり、301号室のブザを押した。

ドアが開き、華やかな女性が顔を見せた。安東祥子だ。大きなパッチリとした目がよく目立つ。

安東祥子は二十五歳。安東大吾より四歳年下だ。

ピンク色のフレアのミニスカートをはいている。

九月とはいえまだ暑いから、ミニスカートをはくのはいいとして、夫を失ったばかりの女性がピンクの服を着ることに大志郎は少々違和感を覚えた。だが、しょせん服の色は着る人の好みの問題だ。

「『週刊ヴァーチャル』の犬飼です」

「黒木です」

二人の自己紹介に祥子は頷き、部屋に招き入れた。

幅の広い廊下を通って応接間に案内される。部屋はきれいに片づいている。壁際には大きな水槽があり、アマゾン産ではないかと思われる巨大な魚が泳いでいる。

その向かい側の壁には大型の液晶テレビのスクリーンが掛けられている。つけっぱなしの画面では静岡フェニックスの福井幹夫が缶コーヒーのコマーシャルをしている。

安東祥子は大志郎と典絵をソファに坐らせると、キッチンへと姿を消した。

残された二人は液晶画面を見続ける。

福井幹夫のコマーシャルが終わるとワイドショーが始まり、人間消失という荒技《あらわざ》で話題の新興宗教の女教祖の紹介が行われていた。

「犬飼さん、知ってます？　人間消失」

「聞いたことはあるな」

〈女神の御霊《みたま》〉という宗教団体の教祖が行うという荒技……。

（安東も日本サッカー界から消失してしまった）

大志郎は画面を見ながらそんなことを思った。

短いそのコーナーが終わると、半壊した楠木正成像が映し出された。

典絵が立ち上がり主電源ボタンを押した。画面がオフになる。殺害現場の映像は毎日繰り返し流されている。これ以上、未亡人祥子の網膜に焼きつけることはない。

祥子が現われた。

三人分の紅茶とクッキーをトレイに載せている。

「すみません。お気を遣っていただいて」

典絵が自分の紅茶を受け取ると言った。

「テレビ、消したんですか？」

「すみません。すぐにでも取材を始めたいので」

大志郎が答える。大志郎と典絵はお互いの視線をすばやく絡ませた。

「現場からリモコンが発見されたのはご存じですね？」

「ええ」

「警察の見解はおそらく他殺に傾くでしょう」

「自殺と他殺の両面から調べているって聞きましたけど」

「もちろん、まだ断定はできないでしょうが、リモコンを押した人間が安東さんのほかにいたことはまちがいない」

「そうですね」

祥子は頷いてクッキーを手に取った。

「ご主人が誰かに怨まれていたとか、そのような心当たりはありませんか？」

「警察にもそれ訊かれたけど、ないわね。安東に限って人に怨まれるなんて、そんなこと絶対にないわ」

祥子は目を大きく見開いてきっぱりと言った。

「誰からも好かれていたんですか？」

「そりゃあね、ああいう世界だから、少しはおもしろくないと思っていた人がいるかもしれない。注目されれば嫉妬する人が出るのは当然でしょ？」

「ええ」

「でも安東は親分肌で、若い選手には慕われてたのよ」

「ご主人はかなり豪快な人だったようですね」

「ええ、そりゃあもう」

祥子の顔に赤みが差した。

（夜の生活でも思い出したのかな）

大志郎は心の中で皮肉な笑みを浮かべる。

「肩をいからせたような独特な走り方は迫力がありましたね。そのフォームからいきなり弾き出されるクリアボールも豪快な放物線を描いていた」

典絵が驚いたような顔を大志郎に向けた。

（犬飼さんも詳しいんですね、サッカー）

そう言っているようだ。

「飲みっぷりも豪快だったようですね」

典絵が言う。

「よくご存じですね」

「有名ですよ」

「安東はいつもお供の者を連れて飲み歩いていたわ」

「飲んだ翌日にいいプレイをすることも多かった」

「そうだったかしら。判らないわ。あたしホントはサッカーのこと、よく判らないんです」

祥子は紅茶を飲む。

「でも安東はみなさんに愛されていました。それは確かよ」

「たしかにご主人は人気者だった。チームメイトからも慕われたでしょうが、一般のファンも多かった」

「豪快で判りやすい人だったから」

「でもそういうタイプの人間に反感を抱く人間もいるでしょう」

祥子はクッキーを食べた。

「祥子さん。もう一度よく考えてみてくれませんか。ご主人を怨んでいそうな人を」

典絵が言う。

「何度考えたって判らないわ」

祥子は少し気分を害したようだ。

「じゃあ、ご主人が楠木正成像に登った、そのことについて心当たりはありませんか」

「わけが判らないわ。どうしてあんな事したのかしら」

「ご主人の様子はどうでしたか？　亡くなる直前、いつもと違った様子だったとか」

「どうかしら」

祥子は首を傾げて考えている。

「実はご主人は亡くなる前『田中に殺されるかもしれない』という言葉を残してるんです」

「知ってます」

「え？」

「昨日、警察のかたがみえて」

大志郎と典絵は顔を見合わせた。昨日〈ボランチ〉で二人の刑事と話をしたのが午後七時近かったが、刑事たちはその後、この家に来たことになる。横柄であまり仕事熱心には見えない刑事だったが、やることはきちんとやっているようだ。

「そうだったんですか。で、この言葉に、何か心当たりはありますか？」

「田中という人は、田中陽一さんぐらいしか知りませんけど」

すでに田中陽一はディフェンスとして出場していて、安東の抜けた穴をほとんど感じさせないくらいの活躍を見せていた。

「冗談だったんじゃないかしら」

「冗談？」

「ええ。『田中に殺されるかもしれない』って言ったこと。安東は口が悪いからよくそんなことを言うわ」

「なるほど」

大志郎は田中というキイワードでの検索を一旦中止した。

「ご主人とはどこで知り合ったんですか？」

大志郎は話の矛先《ほこさき》を転じた。

「あたし、タレントだったんです」

それがどうした、を失礼にならずにいう言い回しがないかどうか、大志郎に考えた。

「テレビでよく報道してるから知ってるわよね」

「はい」

典絵が頷く。

「レインドロップスのミクです、あたし」

祥子は「おどろいた？」というように大志郎を上目遣いで見た。「トライアングルのマミです、あたし」とでも言われたら少しは驚いたかもしれないと大志郎は思った。

「テレビの収録で知り合ったんですか？」

典絵が訊く。

「最初はそうでした」

祥子は紅茶を一口飲んで咽《のど》を湿らす。

「冬にやるJリーガーの運動会で知り合ったんです。あたし、安東とペアを組んで二人三脚をやったの」

かなり体格が違う。テレビ局にすれば〝おいしい〟絵だったのかもしれない。

「その日に安東に誘われて。それから交際が始まったんです」

「安東さんはあなたのファンだったのね」

典絵が言うと祥子は照れもせずに頷いた。

「あなたは安東さんを知ってたんですか?」

「いいえ」

大志郎の質問に、祥子はにんまりと笑って答えた。

「あたし、サッカーのことは何にも知らないんです」

「今も?」

祥子は悪びれずに頷いた。

「安東もそのことはなんとも思ってなかったみたい。あたしはJリーガーとしての安東より、人間としての安東を好きになったんだし」

「わかるわ」

典絵が言った。

「安東も、タレントとしてのあたしより、人間としてのあたしを好きになってくれたんだと思うわ」

祥子は目をくりくりとさせた。

「つきあってどれくらいで結婚したんですか?」

「三ヶ月で婚約して、結婚式を挙げたのはシーズンオフに入ってからだから半年後ね」

「かなり早く婚約をしたんですね」

「そうかしら。結婚て運命だから、いつまでもダラダラつきあっててもしょうがないわ」

「結婚式の出席者の中に田中という人はいませんでしたか?」

「さあ。どうだったかしら。親しい人ではいないと思うわ。でも出席者は何百人もいたのよ。あまり親しくない人の中にはいたかもね」

「全員の名前はわかりますか?」

「主人の部屋に席次表があった筈よ。見ます?」

大志郎は頷いた。

「主人の部屋というより夫婦共有だけど。一応書斎よ」

祥子が立ち上がってカップに残った紅茶を飲み乾した。

大志郎と典絵は夫婦共有の書斎に案内される。

部屋に入るとまず大型の書棚が目に入る。中身はコミックスが多い。

『スラムダンク』『マスター・キートン』『夏子の酒』と脈絡がない。

『ドカベン』はプロ野球編も含めて全巻揃っている。

（『大甲子園』が抜けているのはいただけないが）

大志郎は書棚を眺めてそう思った。

『キャプテン翼』も当然のように並んでいる。『ドッジ弾平』など、訳の判らない漫画も数冊あった。立野真琴の『月に吠えろ！』は祥子の趣味だろうか。

雑誌のバックナンバーもかなりある。

『モーターファン』『週刊サッカーマガジン』などは判りやすいが『亜空間通信』などは何の雑誌だか見当もつかない。

祥子の講読雑誌らしきファッション誌もかなりある。

活字本はサッカーに関するものが多い。

『サッカーの歴史』『Jリーグデータブック』などなど。

大志郎が書棚を眺めているうちに祥子がタンスの中から披露宴の席次表を探し出した。

「これよ」

「ありがとうございます」

大志郎は席次表を受け取り中身を確認する。典絵が大志郎が広げた席次表を覗きこむ。

場所は帝国ホテル。

「思ったより多くないですね」

「そういえば式は内輪で済ませたんだった。披露宴が多かったのよ」

披露宴の出席者の数は百人ほど。

祥子側の招待者の中に田中姓の人間が二人いた。二人とも女性である。

「この人たちは？」

大志郎が席次表の田中姓を指さす。

「ああ。一人はタレント仲間。今は主婦よ。もう一人はプロダクション所属のマネージャー。あたしとは直接関わりはなかったわ」

「ご主人とは面識のある人ですか？」

「ないわね。二人とも」

大志郎はしばらく考えていたが席次表を祥子に返した。

「ありがとうございました」

「いいえ」

祥子は席次表をテーブルの上に置く。

「ほかに、ご主人のプライベートなつきあいの判るようなものはありませんか？　アドレス帳とか」

「アドレス帳は警察の人が持っていったわよ」

「そうですか」

「もっとも田中っていう人は書かれていないと思うけど」

大志郎は頷いた。

「あ」

祥子が声をあげる。

「どうしました?」

「そうだ。あの人、日記をつけてたんだ」

「日記?」

祥子が頷く。

「それは貴重な記録ですね。もしよければ見せてもらえませんか?」

「ちょっと待って」

祥子は書棚の前に移動してしゃがみこむ。一番下の段を探している。

「あら」

不審げな声をあげる。

「どうしました?」

「ないわ」

「ない?」

「ええ。なくなってる」

「なくなってるって、日記が?」

祥子が書棚を見たまま頷く。

大志郎と典絵は顔を見合わせた。

「ほら、いちばん下の段に一冊分の隙間が空いてるでしょ」

祥子はしゃがんでその隙間に手を入れた。

「あの人バカだからここに日記を入れてたの」

「いつなくなったのか判りますか」

「わからないわ。いま気がついたんだもの」

「その日記の中を見たことはありますか？」

「ある訳ないでしょ。いくら夫婦の間でも」

「失礼」

「日記自体に鍵がかかってたし」

見ようとしたことはあるのだろうか。

「最近、この部屋に入ったのは誰です？」

「主人とあたしだけよ。ねえ、もうこの辺でやめてくれない？　あたし頭いたくなってきちゃった」

大志郎は典絵を見た。典絵は頷いた。

「わかりました。手間を取らせましたね」

大志郎と典絵は帰り支度をする。祥子が玄関まで二人を見送る。

「いま思い出したんだけど」

二人が靴を履いているとき、祥子が言った。

「なんですか」

「安東は田中さんにお金を貸してたみたい」

祥子は玄関の壁にもたれながら話している。

「靴を履く前に思い出してほしかったな」

「ごめんなさい。でも思い出さないよりはいいでしょ？」

「たしかに」

祥子はニッと笑った。

「田中って？」

「田中陽一さん。東京スターボウの」

大志郎と典絵は顔を見合わせる。

「どういうお金ですか？　金額はいくらぐらいですか？」

典絵が訊く。

「わからないわ」

「どうしてそれを知ったんです？　ご主人が田中陽一に金を貸してるなんて」

「何かの拍子にぽろっと口にしたのを聞いたの。俺は田中に金を貸してるんだって。たぶん、酔って帰ってきた時ね」

「くわしいことは？」

「それ以上のことは知らないわ」

「そうですか。そのことを警察には話しましたか？」

「いいえ。いま思い出したんだもの」

大志郎と典絵は再び顔を見合わせる。

警察に知らせた方がいいですよ、警察には知らせないでください、どちらの言葉も言わずに二人は安東家を後にした。

3

九月二十五日。

典絵は静岡フェニックス対FC東京の試合を見に来ていた。目的は静岡フェニックスのフォワード、福井幹夫である。

福井は甲府学院出身で、渋川徳治郎の後輩に当たり、渋川監督とも個人的なつきあいがあるから、典絵もすでに何度か渋川監督がらみのインタビューをしたことがある。

前半が終了し、静岡フェニックスが二対〇でリードしていた。二点を入れたのは福井幹夫である。このところ福井は急激に調子を上げてきている。

(ハットトリックのチャンスね)

後半戦のキックオフを見ながら、典絵はそう思った。

ハットトリックとは、一試合のうちに一人の選手が三点取ることで、得点が入りにくいサッカーの試合では、一つの勲章となる。

スルーパスが福井に通った。

スルーパスとは、相手ディフェンスの間を通すグラウンダーのパスのことだ。ディフェンス二人の先にパスが通るわけだから、決定的チャンスに繋がる場合が多い。

福井は受け取ったボールをドリブルしながら、さらに二人のディフェンダーをかわしてシュートした。ボールはゴールのネットを揺らした。ハットトリックの完成である。

(波に乗ってるな)

両手を広げて軽やかに走り回る福井を見ながら、典絵は改めて思った。

⚽

第七節が終わった時点で、相変わらず横浜F・マリノスが首位に立っていた。続く二位のアントラーズは変わらないが、得失点差で浦和レッズが三位に浮上した。

また東京スターボウも六位から五位へと順位を上げていた。
上位十チームの順位は次の通り。

一位　横浜F・マリノス　（七勝〇敗）
二位　鹿島アントラーズ　（七勝〇敗）
三位　浦和レッズ　（六勝一分）
四位　静岡フェニックス　（六勝一分）
五位　東京スターボウ　（五勝一敗・一分）
六位　ジェフユナイテッド市原　（五勝二敗）
七位　ジュビロ磐田　（四勝一敗二分）
八位　名古屋グランパスエイト　（四勝二敗一分）
九位　清水エスパルス　（三勝二敗二分）
十位　柏レイソル　（三勝四敗）

第一ステージ、新崎蓮新監督を迎えて、いきなり優勝争いに食いこんだ東京スターボウは、第二ステージに入ると第一ステージ後半の勢いをそのまま持続してスタートダッシュに成功したといえる。

無敗同士のマリノス、アントラーズの首位争いも白熱しているが、それ以上にファンは浦和レッズと東京スターボウに注目していた。

どちらも好調である。浦和レッズはやはり無敗だし、東京スターボウも一敗しかしていない。両チームにも優勝の可能性が見えてきた。

浦和レッズは第一ステージを優勝しているから、当然、第二ステージをも制する完全優勝の期待がかかる。それはすなわち、レッズ自体の悲願の年間優勝を意味するし、悲劇の闘将と呼ばれた渋川徳治郎監督の初優勝もかかっていた。

レッズ以上に注目を集めているのが東京スターボウである。なにしろ型破りのチームだ。全国レベルでのサッカー経験が全くない人物を監督に抜擢したことも異例だし、その監督が著名作家であることも注目度を高めた。さらに経営母体であるマニックスの意向で、選手管理から練習メニュー、作戦、スターティングメンバー、交代に至るまで、すべてコンピュータを重視するというやり方が、海外にまで紹介されている。

また新崎監督も、監督就任前と同様、いや、それ以上に強気の発言を繰り返していた。新崎はスポーツ誌のインタビューで、すでに優勝宣言をしていた。コンピュータによって予測した結果、優勝するのは東京スターボウだと。

その新崎発言に真っ向から異を唱えたのは、マリノスでもアントラーズでもなく、渋川徳治郎監督率いる浦和レッズだった。

渋川徳治郎は今年七十歳になるベテランであり、Jリーグの名物監督であるが、不思議と優勝には縁がなかった。

甲府学院出身の渋川徳治郎は、現役時代はフジイ工業のリベロとして活躍した。現役を引退すると、コーチを経てやがてフジイ工業の監督に就任する。

フジイ工業の監督を四年間務めた後は、ワンダーの監督として辣腕《らつわん》を振るったが、いずれも優勝には至らなかった。その後、東京スターボウの監督などを経て、六十六歳になったとき、最後の奉公先として、浦和レッズを選んだ。もちろん、浦和レッズに骨を埋めるつもりである。そして悲願の優勝を成し遂げてサッカー人生にけじめをつける。

それが渋川徳治郎の計画である。

計画達成まで、あと一歩の所まで漕ぎ着けている。

いくら好調とはいえ、東京スターボウにとって、安東大吾が抜けた穴はやはり大きいだろうと渋川監督は読んでいた。だが、安東の穴は、田中陽一がよく埋めている。

田中は安東と較べれば華奢な体つきをしているが、その分、動きはシャープだった。勘が良く、相手ミッドフィルダーの決定的と思われたパスを何度かカットした。

その田中が、犬飼大志郎を自宅に呼んだのは、第七節の最終ゲーム終了後だった。

九月二十六日。

すでに午後十一時をまわっている。

犬飼大志郎は、田中邸を探し当てると、塀に沿ってカローラを停めた。

静かな住宅街の中程に田中邸はあった。広い屋敷の多いこの街の中でも、田中邸の広さは目立っていた。

田中陽一は三年前、ここ板橋区常盤台《ときわだい》に新築一戸建住居を購入した。その時点で控え選手に過ぎなかった田中の新居購入は、身分不相応だと陰口をたたかれたものだ。だが、田中には「自分はJリーガーなんだ」というプライドを具現化する何かが必要だった。

大志郎がインタフォンを押すと、田中の声が「どうぞ」と言った。

門をくぐり玄関を開けると、田中が白のスラックスに黒いシャツという出立《いでたち》で大志郎を迎えた。

大きく開いた胸元には金《ゴールド》のネックレスが光っている。

えらの張ったにやけた顔を見て、大志郎は蟹《かに》を連想した。

「裕子さんは?」

応接間に通されると大志郎は尋ねた。

「実家に帰ってますよ」

田中が水割りのグラスを大志郎に渡しながら答える。

「派手な喧嘩でもしたのか？」

「だったらまだ救いはあります」

田中はグラスを軽く掲げると一口飲んだ。

「地味な喧嘩で帰っちまった」

田中はグラスを見つめている。

「もう帰ってこないかもしれない」

「お前の犯行に気がついたのかもしれないな」

田中は大志郎の言葉にギョッとしたように顔を上げた。

「そういう冗談はやめてくださいよ。ただでさえ落ちこんでいるのに」

「その割には活躍してるじゃないか」

「生活がかかってますからね」

安東が抜けた後、レギュラーの座を射止めることができたのは幸運だった。もちろん、安東の二番手としての評価は新崎監督からも得ていたが、ライバルがいないわけではない。結果を出さなければ即座に控えに落とされてしまう不安は常にあるだろう。

「で、俺を呼びだしたのは何の用だ？」

「実は先輩」

田中が大志郎に言う。

犬飼大志郎は、星城高校時代には、サッカー部に所属していた。田中はその後輩である。

星城高校はサッカーではある程度有名な高校だった。

大志郎のポジションはＦＷ。点取り屋だ。

レギュラーの座を争う一人だったが、公式戦ではあまり先発出場はなかった。だが、そのトリッキーなテクニックは監督にも買われていて、試合後半の大事な場面に、切り札的な戦力として投入されることが多かった。そして出場すれば、必ず結果を出してきた。

Ｊリーグでいえばスーパーサブと呼ばれる、かつてのゴン中山や田中達也のような選手だ。むしろ先発で出場する選手よりも、監督には信頼されていたともいえる。

チーム自体は、大志郎の在籍中は、不運にも全国高校サッカー選手権に出場する機会はなかった。東京の代表は、帝京高校などにさらわれてしまった。

しかも大志郎は三年生の時、試合中に事故を起こした。

クロスされたボールをヘッドで合わせようとして、相手チームのディフェンスと接触して倒れこんだ。その際に、頭部をグラウンドで強打したのだ。

大志郎はこの事故で動体視力を著しく弱めた。それ以降、医者に止められ、サッカーをやめた。

この時の虚脱感が未だに続いている。総てが失われた感じがした。事故を起こす前までは、大志郎はサッカーに懸けていたのだ。もしかしたら将来は、Jリーグに入れるかもしれない。その夢が、一瞬にして潰《つい》えたのだ。

動体視力は徐々に回復していったが、大志郎のサッカーに対する情熱は、失われたまま回復することはなかった。それどころか、意識的にか無意識的にか、サッカーを避けるようになっていた。

Jリーグの試合もそれ以来、見たことがない。新聞の記事やスポーツニュースなどで、試合結果を確認してしまうことはあるが、生中継を見ることは辛かった。

「実は僕は」

田中が声を落として言う。

「犯人を知ってるんですよ」

大志郎がグラスを運ぶ手を止めた。

「何だって？」

「犯人を知ってるんです」

「やっぱり自分自身か？」

「真剣に聞いてください。先輩だけが頼りなんすから」

「知ってるんなら警察に言えばいいじゃないか」

「もちろん言いましたよ。でも取りあっちゃくれなかった」

「だったら、お前の話に警察を納得させるだけの根拠がないんだろう」

田中は返事をしない。

「誰なんだ？　真犯人は。一応聞いてやるよ」

「そういう気のない訊き方をしていると後悔しますよ。先輩はスクープを摑むことになるんだから」

「興味ないんだよ、スクープなんて」

「これだけ世間の注目を集めてる事件の真犯人ですよ」

「もったいぶらずに早く言え」

「わかりました」

家の中には二人しかいないのに、田中は声をひそめた。

大志郎に顔を近づける。

「山野井ですよ」

「山野井？」

山野井昌彦は東京スターボウのもう一人のスター選手であると同時に、このところさらに力を伸ばして、日本代表チームの候補選手にもなっている。

「安東が死んで山野井の出番が増えるわけでもないだろう」

DＦの安東。ＭＦの山野井。二人はポジションが違う。

「そういう発想をしている限り、一番の容疑者は僕という事になっちゃいますよ」

「警察もそう思ってるかもしれないな」

「だから先輩が頼りなんじゃないですか」

田中はフィリップモリスに火をつけた。

「安東のかみさん」

「祥子さんか？」

「知ってるんすか」

「この前会った。彼女がどうした」

「会ってみてどう思いました？」

「華やかな雰囲気の人だったな」

「なるほど。ライターは言い方がうまい」

「要点を早く言え」

「亭主が死んだ割には落ちこんでなかったでしょう」

大志郎は取材の日のことを思い浮かべた。祥子の様子に微かな違和感を覚えたことは確かだ。

「まあいいじゃないか。知人が殺されても、ワイドショーのインタビューで笑みを浮かべて答えてる奴は多い」

田中は煙を吐き出した。

「彼女は安東さんに対して、これっぽっちも愛情なんて持ってないすね。計算ずくの結婚が見え見えだ」

田中は祥子を自分の女房と照らし合わせてみているのだろうか？　大志郎は田中を見つめる。

「で、結局なにが言いたいんだ？　祥子さんと山野井が浮気でもしてるっていうのか」

田中はおどろいたような顔で大志郎を見た。

「どうして判ったんすか」

「お前の話を聞いてピンと来ない奴がいるとしたら、安東ぐらいだろうな」

「わかってましたよ、安東さんだって」

「わかってた？」

田中は頷いた。

「安東さんはこのところ落ちこんでましたからね」

「そんなことはないだろう。試合では活躍してたらしいじゃないか」

「家庭内が不和だからサッカーに打ちこんで忘れようとしてたんすよ。僕にはよく判る」

田中が水割りを口に含んだ。

「そんなもんかな」

「ええ。二人は安東さんを差し置いていい仲になった。山野井は若いすからね」

「同い年ぐらいだろう。安東と山野井は」

「見た目のことですよ。厳《いか》つい安東さんと違って山野井はジャニーズ系のイケメンですから。祥子がコロッといかれるのも無理はない」

「それで邪魔になった安東を殺害か？」

「ええ。二人の共犯です」

田中は話し終えて肩の荷を降ろしたように水割りを呷《あお》った。

安東は二十九歳、山野井は二十八歳。山野井はまだ独身だ。

「証拠はあるのか？」

「浮気の？　それとも殺害の？」

「浮気から聞こうか」

「山野井から直接聞いたんすよ」

「なに」

「飲んだ席でね」

「お前、山野井と親しいのか」

「チームメイトですからね」

大志郎は田中を見つめる。

「山野井が冗談を言ったんじゃないのか？」

「そんな感じじゃなかったすよ」

「どういう風に言ったんだ？　山野井は」

「僕も山野井もかなり酔ってた。泥酔一歩手前って感じでしたね。その時『レインドロップスのミクと寝たよ』って、ハッキリ聞かされましたよ」

「そうか」

「僕はビックリして、聞き返したんすよ。レインドロップスのミクって、安東さんの奥さんすかって」

「そしたら？」

「そうだって言ってました。それから口止めされました」

「ふうん。そこまではっきり言ったんなら冗談じゃないだろうな」

大志郎は思案げに天井のシャンデリアを見つめた。

「だけど、だからといって安東を殺すことはないだろう」

「安東さんが殺された日、僕、二人を見たんすよ」

「二人って、山野井と祥子さんか？」

「ええ」

「どこで、何時ごろ?」

「東京ドームで、昼の三時ごろ」

大志郎は自分の煙草をポケットにしまった。

「帰るんすか?」

「お前、そのことを警察に言ったのか?」

「言いましたよ。太田黒とかいう太った刑事に」

「太田黒か」

「知ってるんすか」

「まあな」

「警察じゃ僕の話なんかまともに取りあっちゃくれませんよ」

「いいか田中。安東が皇居脇の公園で爆死したのが午後三時なんだぞ」

「知ってますよ」

「だったらお前の証言がそのまま二人のアリバイになってることぐらい判るだろう」

「そんなことはないでしょう。爆発はリモコンで行われたんでしょう?」

「スイッチは現場に落ちてたぜ」

「東京ドームから楠公《なんこう》銅像まで、地下鉄を使えば二十分で着きますよ。東京ドームでスイッチを押して、そこから銅像を爆発させる。その後、都営三田線で爆発後の楠公銅像に駆けつけて現場にリモコンを転がせばいいんすよ」

大志郎は驚いたような顔で田中を見た。

「これ、アリバイ工作になりますよね？」

「意外といろいろ考えてるんだな」

「自分が疑われてますからね。必死ですよ」

「その割にはお前自身が山野井と祥子のアリバイの証人になってるんじゃ世話はない」

「事実を隠蔽《いんぺい》するわけにはいかないでしょう」

「殊勝なことだな」

田中が水割りを口に含む。

「お前、安東に金を借りてたそうだな」

田中は口に含んだ水割りを噴き出しそうになって咳きこんだ。

「人聞きの悪いこと言わないでくださいよ。誰に聞いたんです、そんなこと」

「安東祥子が言ってた」

「あの女」

田中は怒ってみせた。だが、もともと笑ったように見える顔なので迫力がない。

「賭けで負けた分ですよ。払う気がないから払わないだけ。金額は五万円です」

「払えばいいじゃないか。五万円ぐらい」

「明日の天気は晴れか雨かなんて賭けですよ」

「コインの裏表に賭ける奴だっているんだぞ」

「僕が雨に賭けて雨が降ったんです」

「なら、お前の勝ちじゃないか」

「安東さんはこう言ったんです。『だれが東京の天気のことだと言った？　俺が言ったのは仙台の天気のことだ』」

大志郎は溜息をついた。

「タメ年の安東にずいぶんなめた口を利かれたもんだな」

「この世界は実力の世界っすよ」

「お前、安東のこと憎んでるだろ。殺したいほど」

「いくら温厚な僕でも怒りますよ」

大志郎は小さく笑った。

「お前自身のアリバイはどうなんだ？」

「言ったでしょう。その時間、僕は東京ドームにいたんですよ」

「そんなものはアリバイにならないってお前自身が証明してくれたじゃないか」

「いえ、それはですね」

田中は慌てている。

「どうしてそんな所に行ったんだ」

「場外馬券売場《ウインズ》に行ったんすよ。当たり馬券の換金」

「お前、競馬をやるのか」

「最近、始めたんです」

田中は水割りを口に含む。

「山野井たちをウィンズのそばで見たのか？」

「ウィンズの帰りにドームの反対側を歩いたんです。感じのいい喫茶店を探そうと思って」

「そこで見たのか？」

「少し住宅街に入ったところですね。そこで見た」

「どんな様子だった？」

「近くに人目につかない高級旅館があるんすよ。政治家なんかが使うやつ。その帰りじゃないかな。他人を装って、山野井は車、祥子は歩いてた」

「二人は面識がなかったかもしれないじゃないか。それでたまたま同じ場所に居合わせただけ」

「あの二人は知合いですよ。安東の結婚式にも出ている」

「だけど山野井は車の中なんだろ？　見まちがえじゃないのか？」

「山野井を見まちがえるわけないでしょう」

「じゃあ祥子の方は？」

「あのパッチリとした目は絶対に安東祥子ですよ」

「お前、安東祥子をよく知ってるのか？」

「二、三度、会ったことがありますよ」

「二人を近くで見たのか？」

「近くというか、十メートルぐらいは離れていたかもしれないな」

「だったら見まちがいということもあり得るだろう」

「いや。ないすね。僕は目がいいから。自軍のゴール付近から、相手チームのゴールキーパーの目尻の皺だって見える」

田中の言葉を聞いて大志郎は考えこんだ。

「どうします？」

「おもしろいネタだな」

「殺人犯と一緒にプレイしてるなんて、怖くてたまらないんすよ」

「二人が浮気をしてるのは確かかもしれないが、安東殺しの犯人だっていうのはお前の憶測に過ぎない」

「僕は勘がいいんですよ」

大志郎は立ち上がった。

「もう帰るんすか？　スポーツニュース見ていきませんか。今日も僕、活躍したんすよ」

「知ってる。ラジオのスポーツニュースで聞いた。山野井も二十ゴールめをあげたな」

「凄いですね。もしかしたら安東以上の怪物かもしれませんよ、あいつは」

「どうしてあんな成績を上げられるのかな。安東も山野井も。二人とも今年になって急激に活躍し始めた」

「さあね。判ったら真っ先に僕に知らせてください」

大志郎はＯＫというように手を挙げた。

⚽

スタープレスの経営状態が思わしくないことは大志郎も判っていた。

――社長の星野にスクープをプレゼントしたい。

その気持ちは社員の誰もが持っていた。

もちろん、口には出さないが、大志郎もそう思っている。星野は癖のある人物だが、心に裏表のない、まっすぐな人物だった。常に社員のことを思って行動してくれる。

だからこそ……。

自分が東京スターボウの田中陽一と知合いであることは、ギリギリまで伏せておきたい。

(敵を欺《あざむ》くにはまず味方から)

大志郎はそう思った。それでこそスクープをものにできる。

だが……。

本当にそうだろうか?

もしかしたら、自分の過去を秘密にしているのは、動体視力を弱めてサッカーを断念せざるを得なかった辛い出来事を思い出したくないからだけかもしれない。

「犬飼さん。スクープは摑めましたか?」

小板橋が書類を手にしながら大志郎に訊いた。

小板橋の甲高い声を、大志郎はあまり好きではなかった。

「お前の方こそどうなんだ? ここらで一発、どでかいネタをぶちあげないとな」

「苦しいですよ、うちの会社」

沢シゲ子が大志郎のデスクにお茶を置きながら言った。

デスクワークをしていた典絵がシゲ子に顔を向けた。大志郎も小板橋も口を噤《つぐ》んだ。何か言えば気分が暗くなる。経理を担当するシゲ子の口から「うちの会社は苦しい」という言葉が出るとは、かなり深刻な状況なのだろう。

(ここは頑張るしかない。社長もほとんど寝てないんじゃないか)

そう思ったとき、ドアが開いた。星野が顔を見せる。その顔はやつれていた。

(金策に飛び回っていたんだろうか)

大志郎はそう思った。星野がデスクに坐るとシゲ子がお茶を持ってくる。

「うむ」

星野はお礼のつもりなのか、曖昧《あいまい》な声を出してから、お茶を一口味わうように飲んだ。一息つくと鋭い目で社員たちをねめ回した。典絵に視線を向けたところで動きを止める。

「黒木。顔が赤いな。熱でもあるんじゃないのか」

「大丈夫です」

「無理をするな」

「あたし高校の時はバスケ部だったから意外と体力はあるんです」

小さな会社だ。会社の経営状態のことに少しでも気づいていれば、無理をせざるを得ない。外部スタッフを使ってはいる。動物系、特にイヌを扱わせたらいい記事を書く吉田みづほや、技術はつたないがなぜか心に触れる写真を撮ってくるカメラマンの山本など、精鋭といえるスタッフたちだ。だがやはり無理をさせるわけにはいかないので、いきおい社員に負担がかかってくるのだ。社員たちは編集もやればライターもこなす。昼は取材に飛び回り、夜は原稿起こし。広島や福岡への日帰り出張もこなす。

(典絵も寝てないんじゃないか)

うっすらと汗の浮かんだ典絵の額を見つめて、大志郎はそう思った。典絵は入社以来、本当によく働いている。入社していきなりテロリストの記事を任されたり、ハードな仕事が続いた。だが社員も資金も少ないスタープレスでは仕方がないことだった。

「今日は山野井へのインタビューだな」

「はい」

今日は試合はない。『70才』の取材という名目で、Jリーグ、東京スターボウ、双方の広報を通してアポイントメントを取ったが、実際には安東大吾爆死事件に関するコメントを取ることが目的だ。

「典絵ちゃん、ハードスケジュールだからねえ、ここんとこ」

小板橋が言う。

「家にまで仕事を持ちこまない方がいいと思うなあ」

「ありがとうございます」

典絵が頰笑みながら言った。

「でも、自分の仕事だし」

典絵は浦和レッズの老監督、渋川徳治郎の評伝『70才』を自宅で執筆している。典絵のことだからスタープレスの仕事も自宅に持ちこんでいるにちがいないとみんな思っていた。

それが終わったあとに自分の仕事をするとなると、徹夜するようなことも頻繁《ひんぱん》に起きているのではないか。

大志郎は以前、典絵から、睡眠不足をビタミン剤で乗り切っているという話を聞いたことがあるし、実際に典絵のバッグの中にビタミン剤のラベルが貼られたビンがあるのを見かけたこともある。

「僕、お供しますよ。今日のインタビュー」

小板橋が言った。

「ちょうど自分の仕事が一段落したんですよ」

「大丈夫です」

「一人で行かせられないよ」

小板橋の言葉に典絵は笑った。

「わたし、山野井さんとは面識があるんですよ。一度、マンションにお邪魔したこともありますから」

渋川徳治郎がかつて東京スターボウの監督をしていた関係で、典絵は山野井とも安東とも面識があった。

「知ってるよ。でも」

「小板橋を連れていけ」

星野が言った。

「社長」

「黒木の顔色を見てると心配になるんだよ」

「本当に大丈夫です。それに、今回の仕事は犬飼さんと組むようにって」

「犬飼はどうもサッカーは苦手のようだぜ」

大志郎は澄ました顔をしたまま返事をしない。

「僕は詳しいですよ、サッカー」

小板橋が自分のバッグにノート類を詰め始めた。

「自宅のパソコンじゃJリーグのデータを集めてるぐらいのフリークなんだ。連れていけば役に立ちます」

「でも」

「黒木。これは業務命令だ。小板橋を連れていくんだ」

星野の言葉に、典絵が仕方なくといった様子で頷く。

「山野井は遊び人らしい。そんな所に典絵ちゃんを一人で行かせられませんよ」

そう言うと小板橋は笑みを見せた。

# 4

港区高輪《たかなわ》の坂の上に山野井昌彦のマンションはある。

典絵に同行することができて小板橋はホッとしていた。

山野井昌彦は遊び人で女に手が早いという噂が世間にはある。それが真実かどうかは判らないが、真実であっても驚きはしないと小板橋は思っていた。そんな山野井のマンションに、昼間とはいえ、典絵を一人で行かせることなど小板橋にはできなかった。

典絵は今日はグレーのビジネススーツを着ている。スカートはミニだから、形のよい脚がよく目立つ。

(それにしてもいい女だ)

小板橋は典絵を見てそう思った。

仕事熱心で、またなんでもテキパキとよくこなす。性格も真面目そうで、結婚相手としたら最高の女だろうと小板橋は典絵を見ていた。

山手線品川駅で降りて、丘に向かって歩いていく。しばらくすると目的のマンションが見えてきた。

「すごいマンションですよね」

典絵がマンションを見上げながら言う。

十階建てで、壁面に古代ギリシャの神殿を模した意匠が施されている。

「かなりの金額でしょうね、このマンション」

典絵が感心したように言う。

「芸能人やプロ野球選手の中には、バブル崩壊で泣いてる奴が多いらしいね」

「山野井さんはどうかしら。億を超す給料をもらってるし、このマンションもバブル崩壊後に建ったものですよ」

典絵の言葉に小板橋は気分を害した。

無言で共同玄関の呼び出しキイを押す。名前を告げると「どうぞ」という声がしてガラス張りの共同玄関のドアが開いた。

山野井の部屋は一階にある。二人はそのまま通路を進み、山野井の部屋のブザを押した。ドアチェーンが外される音がして山野井が顔を見せた。

「誰だ、君は」

小板橋の顔を見るなり山野井が尋ねた。

「小板橋と申します。黒木の上司です」

「ほう」

実際には小板橋は典絵の先輩というだけで上司ではない。山野井は鋭い目つきで小板橋を見ると、ドアを押し開けて二人を部屋の中へ迎え入れた。

山野井は身長百八十三センチあるから、小柄な小板橋を上から覗きこむような格好になる。体重は七十八キロと、がたいのよかった安東に較べるとスマートな印象だ。顔も細長だが、睨むような目つきのせいで相手に威圧感を与える。

黒のスラックスに、上は素肌にベージュのメッシュのセーターを着ている。

(気障《きざ》な男だ)

小板橋はそう思った。

山野井は薄笑みを浮かべながら二人を応接間に案内した。

「かけて」

黒いレザー張りのソファを山野井は指さした。

小板橋と典絵は並んで坐る。ソファの奥の部分が低くなっているので、典絵のミニスカートから太股がかなりの部分、露出し、スカートの奥が覗けそうになる。典絵はそれを気にしてか、膝の上にノートを広げた。

「替えたんですね、ソファ」

典絵が言った。

「気がついたか。ネットの通販で買った。スウェーデン製だ」

『70才』の取材で典絵と山野井が既知の間柄であることを小板橋は改めて思い知らされた。

「コンピュータも使い方しだいで役に立つ」

山野井は不敵な笑みを浮かべながら言った。

東京スターボウの一軍選手は全員、自宅にパソコンの設置が義務づけられている。そこで日々の連絡事項や反省会などがネットを通して新崎監督と行われるのだ。クローズドの掲示板やメーリングリストも設置されているし、個別のメールを送ることも勿論できる。「明日はぜったいゴールを決めるから先発で使ってくれ」などというメッセージを、誰にも知らせずに監督に送ることも自由なわけだ。必要なハードやソフトは、東京スターボウの親会社であるマニックスがすべて用意している。

「で？」

山野井が質問を促す。

「まず、経歴から教えてくれませんか？」

小板橋の言葉に、山野井は露骨に不機嫌な顔をした。

「そんなことは事前に調べておけよ」

艶はあるがドスの利いた声で山野井が言った。

「ごめんなさい。確認の意味なんです」

典絵が口を挟んだ。

「山野井さんは東京の帝都高校を平成六年に卒業して、その年に東京スターボウに入団しています」

「わかってるじゃないか」

山野井の口調が少し和らいだ。

「高三の夏に利足《ききあし》である右足の中指を事故で骨折しましたね」

「ああ」

「でも冬には治って全国高校サッカー大会東京都予選で得点王に輝いています」

「俺はただじゃ死なない男なんだよ」

山野井が笑みを浮かべる。

「プロに入ってからはファンのかたの方がよくご存じですよね。九年目に初めて得点王を取ってから、去年まで二年連続得点王です」

「そして今年もな」

年間二十七ゴール、二十九ゴールと、驚異的ともいえる好成績を二年続けたが、今年はすでに二十ゴールと、今まで以上の怪物ぶりを見せつけている。

「すごいですね。どうしたらそんなにゴールを奪えるんですか？」

山野井は考えこんだ。

「難しい質問だな。ボールコントロール、身体の反転、オープンスペースを嗅ぎ分ける嗅覚、強いシュート力……。すべてがハイレベルじゃないと得点王にはなれないだろう」

典絵が頷いている。

「ところで」

小板橋が口を挟む。

「安東大吾の死について、何か心当たりはありませんか？」

小板橋が本来の目的を思い出したようだ。

「それも『70才』の取材か？」

山野井に見つめられて小板橋が答えに詰まっている。

「ちがいます」

典絵の言葉に小板橋はおどろいた。

「安東さんの死の謎を解明しろという社の仕事です」

「黒木さん」

小板橋はあわてて典絵の言葉を止めようとする。山野井の気を悪くしたらインタビューそのものを拒絶されてしまう。

「なるほど」

山野井は笑みを浮かべた。

「サッカー記事の仕事をしていて、安東の死の話題を避けることはかえって不自然だ」

典絵が頷く。

「いいだろう。俺だって奴の死の真相が解明されるんだったら、どんなことでも協力するぜ」

山野井の言葉を聞いて、小板橋はホッとした。

「だが、心当たりと言ってもな」

小板橋は山野井の薄笑いを浮かべた顔を凝視した。

山野井には危険な香りがする。どこか堅気《かたぎ》とはいえないような凶悪な顔つきをしていると思う。だがそこがある種の魅力に繋がっているのだろう。でなければ遊び人として次々と女性と浮き名を流す事はできない筈だ。

「八月九日の午後三時ごろ、山野井さんはどこにいましたか?」

小板橋は山野井に尋ねた。

「おい」

山野井が小板橋を睨む。

「まさか俺のアリバイ調査をやろうってんじゃないだろうな」

「ちがいます。これはインタビューの相手全員に訊くように会社から言われてるんですよ」

小板橋は努めて冷静に言い放った。山野井はなおも小板橋を睨んでいる。

「八月九日か」

山野井は小板橋から視線を逸らした。

「覚えてないな」

「真剣に考えてください」

「答える義務があるのか？」

「それは山野井さんの自由です。僕たちは警察じゃありませんから。でも安東さんの死の謎を解明したいという気持ちは、僕たちも山野井さんも同じじゃないですか？」

小板橋が山野井を見つめた。

「その日のことは覚えてない。本当だ。だがこれだけは言える」

山野井は立ち上がった。

「もし俺が現場にいたら、目立ってしょうがなかっただろうよ」

山野井は身長百八十三センチ。

それだけでもかなり目立つのに、日本サッカー界を代表するスーパースターとあっては、現場にいたら確実に話題になっているだろう。

「安東さんとは親しかったんですか？」

典絵が質問した。

「安東さんねえ。まあ安東さんとは親しかったな」

山野井はニヤニヤと笑った。

「プライベートでも会っていたんですか？」

「あまりそういう事はないな」

典絵が質問役にまわったので小板橋は山野井から視線を外した。

ぼんやりと部屋の中を見まわす。

トナカイの首の壁掛けや、猟銃、ボウガンなど、狩猟をイメージさせる品物が目につく。

(山野井はハンターなんだ。獲物はゴール)

小板橋は山野井があれだけのゴールを獲得する理由が少しだけ判ったような気がした。

視線をずらすと小型の本棚がある。本棚に並ぶ書名を見ながら、小板橋は微かな違和感を覚えた。サッカーに関する本、スポーツ全般に関する本、健康や体力に関する本に並んで『臨死体験』『悩みを越える力』『亜空間通信』『原罪論』など、ふてぶてしい山野井のイメージとはそぐわない書籍名や雑誌名が見えるのだ。

「あの」

小板橋は思わず山野井に声をかけていた。

典絵と山野井が小板橋を見る。

「何だ?」

「山野井さんは、何か悩みはないんですか?」

山野井は一瞬、虚をつかれたようにポカンとした。

「俺に? 安東じゃなくて?」

「ええ」

「なんでそんなことを訊くんだ」

「いえ。特に意味はないんですけど」

小板橋の視線の片隅に書棚が映っている。

「俺に悩みなんかないぜ。二年連続得点王を獲ってるしな。これ以上望むものはないよ」

山野井はニヤリと笑った。

「強いて言えば、そうだな。典絵への思いを遂げられないということぐらいか」

「山野井さん」

小板橋は語気を強めた。さほど親しくない筈の典絵を呼び捨てにした事もおもしろくないが、それ以上に発言の内容が非常識だ。

「怒るなよ。お前だって同じ気持ちだろう」

「失礼ですよ。いくら山野井さんだって、女性に対して」

「男なら誰だって典絵にはまいる筈だ。失礼どころか、これは典絵に対する賛辞だろう」

典絵、典絵、と呼び捨てにする山野井に小板橋は心底腹が立った。

「安東だってそうだよ。俺と安東、それから福井は賭けをしてたんだ」

「賭け？」

「ああ。誰が最初に典絵と寝るか」

「山野井さん」

小板橋は立ち上がった。これ以上、山野井の暴言を看過するわけにはいかない。

(一緒に来たのは正解だった。典絵さん一人だったらどうなっていたか)

小板橋は山野井を睨みつける。

「二人とも凄い成績ですよね」

典絵が何事もなかったかのように山野井に話しかけた。

「安東さんも山野井さんも、Jリーグ史に残るすばらしい成績を収めてますけど、成績が飛躍的に上がったのは一昨年《おととし》からなんですね。お二人とも」

山野井が真顔に戻ったのを小板橋は見た。

「これ、偶然かしら」

典絵は小首を傾げている。

「それとも、何かお二人に共通するきっかけがあったのかしら」

「偶然だ」

山野井は即座に言った。

「あるいは俺と安東は同年代だから年齢的な理由かもしれないな。ちょうど脂が乗りきる年齢」

二人は、たしかにスポーツ選手としては絶頂期にいるのかもしれない。

「いずれにしろ今回の事件とは関係のない話だ」

山野井はみるみる不機嫌になっていった。

「綺麗なコスモス」

典絵が話題を変えた。

庭にはパステルピンクのコスモスが大量に咲いていて、草原にいるような錯覚さえ覚えそうだ。

「見るか？」

山野井の言葉に典絵が頷いている。

小板橋は意外に思った。さっきまで典絵に侮辱的な言葉を浴びせていた山野井が、花を見せようとは。だが、だまされてはいけない。これが女を口説くときの山野井の手かもしれないではないか。

小板橋の思いも知らずに典絵は警戒心もなく、玄関から自分の靴を取ってきて庭に降りる。典絵のボディガードを自認する小板橋は、庭のサンダルを履かせてもらって一緒に庭に出た。

たしかに山野井が見せたいというだけあってコスモスは見事だった。まるで天国の風景のようだと小板橋は思った。しばらく小板橋はコスモスの群れに見とれていた。

「戦いに行ったのかもしれない」

一瞬、誰が言ったのか判らなかった。ようやく山野井がつぶやいたのだと思い至った。

「何のことです？」

小板橋は山野井に訊いた。

「安東さ。あるいは逃げたかったのか」

「逃げる？　何からですか」

「いずれにしろ奴は自殺だ。そうだろ？」

山野井が典絵を振り向いた。

「自殺じゃありません」

典絵が答える。

「自殺だったらリモコンなんて必要ないんです」

「山野井さん」

小板橋が口を開く。

「何か隠してることでもあるんですか？　もしそうなら言ってください」

「お前たちに言う必要がどこにある」

小板橋は言葉に詰まった。

山野井もそのまま口を噤んだ。山野井から聞き出すことは何もなくなった。

犬飼大志郎と黒木典絵は〈ボランチ〉に向かう道すがら、お互いの取材状況を報告しあった。

「山野井は、安東の奥さん、祥子と不倫してたんだ」

「本当ですか？」

典絵は驚いたようだ。

「ああ。事件当時、東京ドーム付近で二人が一緒に歩いているところを田中陽一が目撃している」

「犬飼さん、田中陽一に取材したんですか？」

「いけなかったか？」

「とんでもない。ただ犬飼さん、今度の仕事にあまり乗り気じゃなかったから」

「気が変わったのさ」

「そっちの成果は？」

典絵が少しうれしそうな顔をした。

「小板橋さんと一緒に山野井の家に行ったんですけど」

その時の話を少しばかり小板橋から聞いていた。山野井と安東、福井は、誰が最初に典絵と寝るか、賭けをしていたと。

「安東さんと山野井さんの成績が急激によくなった事に触れた途端、山野井さん、機嫌が悪くなって、大したことが聞けなかったんです」

「ふうん」

大志郎は典絵の話を聞いて考えこんだ。

「機嫌が悪くなったこと自体、かなり重要な情報かもしれないな」

「え？」

典絵が次の言葉を探しあぐねているうちに〈ボランチ〉に着いた。扉を開けると、見覚えのある二人組の姿が目に入った。

「出直すか」

大志郎が典絵に言う。

「よう若いの」

見覚えのあるうちの一人が大志郎に声をかける。刑事の太田黒である。

仕方なく大志郎は店に入った。太田黒は岩間という刑事と二人連れだ。大志郎と典絵は彼らの隣のスツールに坐る。

「こんなところで飲んでいる場合か？」

大志郎は太田黒に皮肉を言った。

「犯人の見当もついちゃいないんだろう」

「見当はついてるさ」

太田黒が答える。

「誰だ？」

「東京スターボウの田中陽一」

太田黒が笑いながら言う。

「自白でもしたのか？　あいつは慌て者だからやってもないことを自白しかねない」

「君は田中の先輩だそうだな」

太田黒の言葉に、典絵が驚いた顔を見せる。

「犬飼さん」

「知らなかったんですか？」

太田黒がニヤついた顔で典絵を見る。

「知りませんでした。犬飼さん、なんにも言わないから」

「言いたくなかったんでね。サッカーにはいい思い出がない」

「ｔｏｔｏで大負けでもしたか」

太田黒がからかうように言う。

「そんなんじゃない。高校時代、サッカー部だった。そこで怪我をしたんだ」

「そうだったんですか」

典絵が、なかば呆れたような口調で言う。

「言ってくれれば良かったのに。田中陽一と知合いだって」

「かえって恥ずかしいことだからな」

冗談のつもりだが、笑ってくれる人はいなかった。

「どんな奴なんだ？　田中という男は」

「華奢に見えるが、あんがいバネはある」

「性格のことを訊いてるんだよ」

「安東をゴリラだとすれば、田中はポケットモンキィみたいなもんさ」

「ポケットモンキィにしちゃ大車輪の活躍ぶりだな」

「山野井には敵《かな》わない」

「山野井と較べることもねえだろう」

太田黒は煙草をくわえた。

「動機はなんだと思う」

この男は断わりもなしに唐突に話題を変える。相手の心理を思いやる想像力に欠けているようだ。

「新崎監督が田中を起用している動機か？」

「安東殺しの動機だよ」

「安東がいたんじゃレギュラーにはなれない。警察が考えている動機なんてそんなもんだろう」

「そうだ」

　太田黒は肯定した。

「だいたい田中を疑う根拠にマスターの話だけなんだろ」

　安東が電話で話していた〝田中に殺されるかもしれない〟という言葉。

「すみません」

　マスターが謝った。

「話の内容も、ろくに判らないんだろ？」

「そうですね。声をひそめて、誰にも聞かれたくないって感じで喋ってましたから」

「その程度の証言で田中を有罪にできるわけねえよな、刑事さん」

「田中には動機がある」

「安東がいたんじゃ自分たちは結ばれない。動機としちゃこっちの方が現実的だろう」

「何の話だ？」

「とぼけるなよ。田中から聞いてるんだろ」

「安東祥子と山野井のことか」

「犯人《ホシ》はこっちが本命だと思うぜ」

「山野井が殺人《ころし》までしてあの祥子と一緒になると思うか？」

「人権蹂躙《じゅうりん》だぜ、その発言」

「どうして安東さんは笑ったのかしら。殺される前に」

典絵が口を挟んだ。

「そこなんですがね、お嬢さん」

太田黒は急に優しげな声を出した。

「警察が自殺説を捨てきれない理由がまさにそれなんです」

「安東さんは自分の死を知っていたっていうんですか？」

太田黒は芝居がかった仕草でゆっくりと頷いた。

「死ぬ直前に笑ったということは、そう考えてもいいと思いますな。安東は死を恐れてはいなかった。むしろ喜びをもって迎えている」

太田黒の話はどうも素直に信じる気にはなれないと大志郎は思う。安東が死を喜びを持って迎えるようなタマか。

大志郎は典絵を見た。典絵は真剣な面もちで何かを考えている。安東が自分の死を喜んで迎え入れる条件でも考えているのだろうか。

それはあり得ないと大志郎は思う。あの安東が自分の死を喜んで迎え入れるなんて事はとてもありそうに思えない。安東は、なにか、もっと明確な理由で殺されたのだ。

たとえば……。

「安東が薬をやっていた形跡は？」

大志郎の言葉に太田黒の眉がぴくりと動いた。

「ねえよ」

「あるいは筋肉増強剤《ステロイド》」

安東と山野井は同じ時期に飛躍的に成績を伸ばし始めている。そのことを典絵から指摘された山野井がとつぜん不機嫌になったということは、人に知られたくない原因があったせいかもしれない。

「筋肉増強剤も使っていない。司法解剖の結果だからまちがいねえ」

ということは、二人の成績が同じ時期に伸びたのは、まったくの偶然か。大志郎は自分の考えを訂正した。

「チャンスが出てきたな。浦和レッズにも」

太田黒が無神経な話題転換をした。

二位だった鹿島アントラーズが、息切れしたのか三連敗を喫した。その結果、浦和レッズが二位に浮上したのだ。だがまだ盤石《ばんじやく》の横浜F・マリノスがいるし、浦和レッズの快進撃にピタリとついてきてそれぞれ三位と四位に浮上した静岡フェニックスと東京スターボウも不気味だった。もしこの勢いの東京スターボウに安東がいたら……。

「安東が死んで一番よろこんでいるのは、案外、渋川徳治郎監督かもしれんな」

「言葉に気をつけろよ刑事さん。ここにはレッズファンの典絵がいるんだ」

「渋川監督はそんな人じゃありません」

典絵が静かに言った。

典絵は渋川監督に取材を続けているから、監督の気持ちは知り抜いている筈だ。

太田黒は答えずにチーズボールを口に運んでいる。

渋川監督は以前、東京スターボウの監督だった。その時に新人時代の安東、山野井とも接している。

（いずれは渋川監督とも会わなくちゃな）

大志郎はそんなことを考えた。


第十節が終わった。

上位十チームの順位は以下の通り。

一位　横浜F・マリノス　（八勝一敗一分）

二位　浦和レッズ　（八勝一敗一分）
三位　静岡フェニックス　（七勝三分）
四位　東京スターボウ　（七勝二敗一分）
五位　鹿島アントラーズ　（七勝三敗）
六位　ジュビロ磐田　（六勝二敗二分）
七位　ジェフユナイテッド市原　（五勝二敗三分）
八位　名古屋グランパスエイト　（四勝四敗二分）
九位　清水エスパルス　（四勝五敗一分）
十位　ＦＣ東京　（四勝五敗一分）

二位につけた浦和レッズは、渋川徳治郎監督の下、相変わらず好調だ。

だが、東京スターボウも負けてはいなかった。

安東が抜けて大幅な戦力ダウンをしたと思われた東京スターボウが、周囲の予想に反して健闘している。安東の後を受けてセンターバックのポジションを摑んだ田中陽一が獅子奮迅の活躍を見せていることも大きい。それに同僚の死に発憤したのか、ＦＷの山野井がゴールを連発している。また、安東が亡くなったことで、安東の弔《とむら》い合戦の様相を呈して団結力が強まった。それはサポーターについてもいえる。安東の死以降、サポーターの熱狂的な応援は、浦和レッズのそれを凌いでいた。

安東の死によって東京スターボウを大きく引き離そうとした上位チームの思惑《おもわく》は大きく外れた。

一位と二位の差は得失点差に過ぎないし、三位の静岡フェニックスもまったく侮《あなど》れなかった。フェニックスではFWの福井幹夫が大活躍を見せている。

サッカーファンは、リーグ優勝の行方から、ますます目が離せなくなった。

⚽

十月二十六日午前十一時四十三分。

警視庁本部通信司令センターの女性オペレーターが一一〇番通報を受信した。

——もしもし、警察ですか?

その声は慌てふためいて掠《かす》れていた。

——はい。事件ですか? 事故ですか?

——死んでるんだ。

——死んでる？

——ああ。

——だれが死んでるんですか？

——山野井だよ。

——山野井？

——山野井昌彦。東京スターボウの。

この時点で、オペレーターは心の中で溜息をついた。いたずら電話だ。八月に同じ東京スターボウの安東大吾が死んだばかりではないか。

——あなたはそれを発見したんですか？

オペレーターは落ち着いた声で尋ねた。

——ああ。

——どこで？

——山野井の自宅だよ。

——あなたは誰ですか？

——福井。静岡フェニックスの福井幹夫。

オペレーターは目を瞑って首を左右に振った。

——静岡フェニックスの福井さんが、どうして東京スターボウの山野井さんの自宅に行ったんですか。

——そんな事はどうだっていいだろう！

相手の声はいらだっていた。

(これはいたずらではない)

ここまできて初めてオペレーターは、その可能性に思い至った。

⚽

太田黒が駆けつけたときにはすでに制服姿の警官や作業服を着た鑑識課の係員たちが忙しそうに動き回っていた。

「遅かったですね」

岩間が先に来ていた。港区高輪のマンションの山野井の部屋。

「見てください」

岩間が指さす方を見る。リビングに、まだ山野井の遺体が置かれていた。

「矢が刺さってます」

山野井の遺体は玄関側に頭を向けて仰向けに倒れ、額には短い矢が突き刺さっている。

第一発見者は静岡フェニックスの福井幹夫だった。

十月二十六日午前十一時頃。

福井は合鍵を使って山野井のマンションの共同玄関の硬質ガラスドアを開けた。さらに角部屋である山野井の住む105号室のチャイムを鳴らす。

応答がない。

福井は仕方なしに合鍵を鍵孔《かぎあな》に入れた。鍵をひねろうとして「おや」と思った。鍵が回転しない。強引にひねると、今度は鍵はゆっくりと回った。

鍵を引き抜きドアを開け、中に入る。

そして……。

仰向けに倒れている山野井を発見した。

以上が通報者、福井幹夫の供述内容である。

「どうして鍵がなかなか回らなかったんだろうな」

太田黒が岩間に言った。

「内側から粘土が被せられてたんですよ」

「粘土？」

「ええ。錠の部分に」

太田黒は玄関ドアを振り返った。たしかに錠の部分に粘土が被せられている。

「誰がやったんだ」

「山野井本人らしいですね」

「なんだと」

「鑑識員が粘土についた指紋の部分を見て言ってました。もっときちんと調べてみないと断定はできないでしょうけど」

太田黒は倒れている山野井を見つめた。

「どうして山野井はそんなことをしたんだ」

「ドアばかりじゃないんです」

「ああ？」

「窓の錠にも内側から粘土が被せてあります」

「それも山野井か？」

「のようですね。それどころか、換気扇やエアコンダクトとか、およそ考えられる孔という孔に、内側から粘土が被せられているんですよ。それもみんな、山野井がやったんでしょう」

太田黒は溜息をついた。

「だったら、自殺じゃねえか」

岩間は頷かなかった。

「どうして山野井は自殺なんかしたんだ」

「まだ自殺って断定していいかどうか」

「何を言ってやがる。内側から鍵がかかってたんだぞ」

「ええ」

「それもご丁寧に錠の部分に、どこもかしこも粘土が被せられてる。他殺のわけはねえだろ」

「そうなんですが、矢を自分の額に突き刺すって、なかなか自殺ではお目にかかれませんよね」

「山野井はスターだぞ。自殺も一般人とはちがうんだよ」

問題はどうしてわざわざ粘土を被せたかだ。

(おそらく、自殺であることを強調したんだな)

よっぽど他殺とは思われたくなかったようだ。

太田黒は昨日までスター選手だった山野井の骸《むくろ》を見下ろした。

## 5

今年二度目の号外が出た。

日本サッカー界はさらなる混乱に包まれた。

山野井昌彦の自殺……。

安東大吾の爆死の興奮が冷めないうちにマスコミは再び争乱状態に陥った。

東京スターボウは約三ヶ月のうちにフォワードとバックのレギュラー選手を失った。

スタープレス社の事務所にも社員全員が緊急招集された。星野社長の顔は蒼ざめている。

「どういう事なんだよ、これは」

星野は誰にともなく言った。

詳しい事情はまだよく判らないが、山野井昌彦が自宅マンション内で、ボウガンを使い自分の額を撃ち抜いたことだけは号外の記事から読みとれる。

「黒木、小板橋。何があったんだよ。何が原因で山野井は自殺したんだ」

「わかるわけないでしょう、僕たちに」

「山野井はお前たちと会った一ヶ月後に自殺してるんだぞ」

「おどろいてます、僕たちだって」

小板橋は〝僕たち〟を連発した。

「一年二年前の話じゃねえんだよ。何か兆候があったんじゃねえのか？　自殺の」

「ありませんよ。ねえ典ちゃん」

小板橋は社内で典絵のことを典ちゃんと呼ぶことに成功した。

「山野井さんは上機嫌でした。とても自殺なんて考えられません」

典絵の顔が蒼ざめている。

「だいたいボウガンで人が死ぬのか？」

星野が典絵に尋ねた。典絵は以前、ハンターの取材をしたことがあり、その時に狩猟道具を一通り調べたことがある。

「その気になれば可能です」

「不思議ですねえ」

お茶を運んできた沢シゲ子が言う。

「山野井って大活躍してる人でしょう？　そんな人が自殺なんてするんですか？」

「そういえば安東も大活躍の真っ最中に自殺したんだよな」

「他殺です」

典絵が訂正する。警察はまだどちらとも断定していない。

「だがな、山野井が自殺したとなると、安東も自殺だったたって事にならねえか？」

星野が言う。

「原因は何だろうな」

大志郎が呟くように言った。

「それを探り出すんだよ」

星野の口調は必死である。

「少なくとも二人の死は無関係じゃねえだろう。同じチームのスター同士なんだからな」

「これで東京スターボウの優勝は難しくなったたな」

「そういう問題じゃねえ」

大志郎のつぶやきを星野がたしなめた。

「二人の共通点はないのか。その辺りを突破口にするんだ」

「二人とも東京スターボウの選手だった」

大志郎が言った。

「茶化すんじゃねえ」

「重要な共通点だと思いますけどね」

「重要すぎて日本中の人間が知ってるんだよ」

「チーム葬はいつかしら」

「どうだろうな。安東のチーム葬が死の三日後だったから、山野井も同じようなところだろう。もしチーム葬があればの話だが」

「あるんじゃないですか？　あれだけの選手だから」

沢シゲ子は換気扇の下で煙草を吸っている。

小板橋圭の入社以来、スタープレスは事実上の禁煙状態となっている。社内がサッカーの話題一色となってから、シゲ子の口数は以前より少なくなって、換気扇の下にいる回数が増えた。スタープレスに社会保険が完備していないことに不満を抱くシゲ子だから、会社に社会保険の完備を迫るか、自分が社会保険の完備している会社に移るかの決断をそろそろ下そうとしているのかもしれない。

「なくなった日記には何が書いてあったのかしら」

典絵が言った。

「安東の家から日記がなくなってたんだったな。たしかにそこに秘密が隠されてる可能性は高いな。いや、山野井の死で、ますますその可能性は高まったんじゃねえのか」

「問題はなぜなくなったか」

大志郎はそう言って考え始めた。

「犬飼さん。この件は僕がやりましょう。サッカーに興味のないあなたにはやはりこの取材は無理です」

小板橋の言葉に、大志郎と典絵は顔を見合わせた。

「僕が思うに、日記がなくなったのは安東が自分で燃したんですよ。知られたくないことが書かれてあったんでしょう」

小板橋が言う。

「犯人にとって知られたくないこと。かもしれないぜ」

「犬飼。おめえは他殺説にこだわってるのか？」

「安東は自殺するタマじゃないって社長が言いましたからね」

星野は返事に窮した。

「それに第一印象というのは、意外に当たってるもんでね」

「犬飼さん。こんな重大な案件を勘で当てるなんて。もっと論理的に推理しないと意味がないですよ」

小板橋が大志郎に言う。

「山勘もバカにしたもんじゃないんだよ。勘というのは膨大な推理の結果だからな。それが潜在意識のレベルで瞬時に行われるから、自分でもその過程を認識できない。それが悟りの正体らしい。いつか読んだ薄い小説本に書いてあったぜ。なんだかバカバカしいような本だったけどな」

「ご大層な説ですね」

小板橋が口を挟む。

「でも僕の勘じゃその説はまちがってます」

大志郎は苦笑した。

「それに安東が他殺だった場合、警戒厳重である筈の皇居に、犯人が爆弾を仕掛けられるかなって疑問が解けないですよ」

「それは問題ない」

大志郎はきっぱりと言った。

「皇居といっても楠公像は一般人の出入が自由な場所だ。実際の皇族の居住地区とは何百メートルも離れてるから、警戒もそれほど厳重じゃない」

「やけに詳しいですね」

「学生の頃、皇居襲撃を企てたことがあったから」

大志郎の言葉にみなはギョッとしている。だが冗談のつもりだったのだろう、当の大志郎はニヤニヤした笑みを浮かべている。

大志郎は笑みを浮かべたまま典絵を見た。典絵も大志郎を見ている。

(今夜あたり太田黒のおっさんに情報を仕入れにいくか)

大志郎は典絵にそう問いかけたつもりだ。

典絵は微かに頷いた。

以心伝心という美しい日本語はまだ失われてはいないのだな。大志郎はそう思った。あるいは典絵は大志郎の問いかけを（皇居襲撃のことは黙っててくれ）と受け取っただけかもしれないが。


客は太田黒一人しかいなかった。

〈ボランチ〉が混んでいたのは初めて入った日だけだ。

「やけに真剣な顔をしてるな、おっさん」

大志郎は太田黒の隣に腰掛けながら言った。

（無理もないか）

大志郎は思った。安東の事件も解決していないのに、今度は山野井だ。いくらこの刑事でも心を痛めているのだろう。

「丁度いいところへ来た」

太田黒が大志郎と典絵に気がついて言った。典絵は大志郎と並んで坐る。

「いまJリーグの改善点についてマスターと話していたところだ」

太田黒は水割りを呷《あお》った。マスターが大志郎と典絵にも水割りのグラスを差し出す。

「事件のことを考えていたんじゃないのか？」

「今はプライベートタイムだ」

大志郎は典絵を見た。呆れたね、と伝えたつもりである。典絵は理解したようだ。

「俺はもともとテレビのスポーツ中継が好きでな。スポーツならなんでも見たよ。オリンピック、世界水泳、世界陸上、東京女子マラソン、バレーボール、大学ラグビー、卓球、相撲」

「あたしもです」

典絵が相槌を打つ。

「もちろん、野球もサッカーも好きだった。いや、その二つはいちばん熱心に見てたな」

「サッカーも？」

「ああ。釜本や杉山の時代からな」

ヤンマーと三菱重工のスター選手。

「いちばん好きだったのはネルソン吉村だけどな」

一九六七年に日本初の外国籍選手としてブラジルから来日。釜本と共にヤンマーディーゼルの黄金期を築いた。一九七〇年には日本国籍を取得している。

「俺の親父と一緒か」

大志郎はそう言って溜息をついた。

「ほう。あんたの親父さんもネルソン吉村のファンか。ネルソンのファンは多いぜ。日本国籍を取得して吉村大志郎になってからは日本代表で活躍してるし」

太田黒はそこまで言って言葉を切った。

「ちょっと待て」

太田黒は胸ポケットから手帳を出した。そこから名刺を選り分けている。

「なるほど」

太田黒は一枚の名刺を眺めた。

「お前さんの下の名前は大志郎か」

マスターと典絵が大志郎を見た。

「お前さんは父親の趣味で名づけられたってわけだ」

「くだらない話はいい。それより、見てたのは日本サッカーだけか？」

「バカ言え。ワールドカップの準決勝、決勝は必ず生中継を見てたよ。眠い目をこすりながらな」

当時は日本でなど開催されないから、中継は必ず夜中か夜明け前あたりになる。

「最初は西ドイツが好きだったな。皇帝ベッケンバウアー、爆撃機ゲルト・ミューラー。それに、空飛ぶオランダ人、ヨハン・クライフ」

クライフは七〇年代を代表する天才プレイヤーである。全員で攻撃し、全員で守るという、現代のサッカーの基礎ともいえるトータルサッカーを標榜《ひようぼう》し、ワールドカップに乗りこんできたオランダチーム。彼らはクライフを中心に、嵐のように他チームを、あのブラジルでさえも簡単に撃破した。クライフはそのスピードと技で相手ディフェンスを軽々と抜き、最後はキーパーまでかわして無人のゴールにボールを蹴りこんでいたものだ。だが押しに押していた決勝では、西ドイツの爆撃機、ゲルト・ミューラーに起死回生の一発を決められ、栄冠は摑めなかった。

「懐かしい名前だな」

「八〇年代はフランスの〝将軍〟プラティニ。だが、俺の中で最も衝撃的だったのはマラドーナだ」

「アルゼンチンか」

「ああ。サッカープレイヤーを二人あげろと言われれば、ペレとマラドーナかもしれん。マラドーナの体技とアルゼンチンサポーターの〝アルヘンチナ！〟っていう合唱に魅せられて、それからは南米チームを応援するようになった」

太田黒は水割りで咽を湿らす。

「ところが最近は野球一辺倒だ。Ｊリーグはどうも見る気がしねえ」

「どうしてですか？」

典絵が訊いた。

「それが判らねえ」

太田黒は溜息をついた。

「ジョーやゾノぐらいは知ってるんだが、後がダメだ」

ジョー。城彰二。一九九六年のアトランタオリンピックで日本がブラジルを下し〝マイアミの奇跡〟と呼ばれたゲームのエースだった男。高校卒業後はJリーグでいきなり四試合連続五ゴールをあげ「エースのジョー」と呼ばれた。十八歳から日本代表だったが、一九九八年のワールドカップフランス大会で三戦全敗、無得点に終わり、それから迷走が始まった。ゾノは前園真聖《まさきよ》。アトランタではジョー以上に鮮明な活躍をした男。鋭く切れこんでいくゾノのドリブルに、日本中が熱狂した。だが、一九九七年のワールドカップフランス大会の最終予選直前に代表から外された。

城は現在、J2の横浜FC、前園は韓国Kリーグの安養LGを退団、まだ去就は決まっていない。

「どうしてJリーグを見なくなったのかは判らねえが、Jリーグが判りにくいって事だけは判ってるぜ」

「どこが判りにくいんですか」

マスターが太田黒に訊く。

「なんだかなあ」

太田黒は後頭部に手を当てた。

「優勝が多すぎるのかもしれないな」

大志郎が呟いた。

「そう、それだよ」

大志郎の言葉に、太田黒が大きな声を出す。

「優勝が？」

マスターが不審げに訊く。

「たしかにこの大志郎さんの言う通りだ。どの大会に優勝することが一番えらいのか、よく判らねえんだよ」

「リーグ戦に決まってるじゃないですか」

典絵が口を尖《とが》らせる。

「そのリーグ戦ってのはいつやってるんだい」

「そんなことも知らないいんじゃ話にならないね」

大志郎が含み笑いをしながら水割りに口をつけた。

「リーグ戦は第一ステージと第二ステージに分かれています」

典絵が太田黒に説明する。

「ありがとうお嬢さん」

太田黒が典絵にグラスを掲げた。

「だけどリーグ戦からして二つに分かれてるってのがすでにややこしいな」

「第一ステージが三月から七月まで。第二ステージが八月から十一月までです」

「チャンピオン同士で決勝かい？」

「はい」

「それだと年間でいちばん勝ち点が多いチームが優勝できない可能性があるな」

「だから来期から、一シーズン制に戻すようです」

「ようやく気がついたか。だけど、ほかにもいろいろ優勝があるだろう」

「ナビスコカップがありますね」

典絵が答える。

「何ですかな、そのナビスコカップってのは」

太田黒が丁寧な言葉で典絵に尋ねる。

「ヤマザキナビスコが協賛してるトーナメント戦です。これはJ1だけじゃなくてJ2、あ、これはJ1の下部リーグですけど、このJ2も全チーム参加して、その中で優勝を競うんです」

「ほら、判らなくなってきた」

「四月に一回戦が始まって、決勝は十月です」

「何のためにそんなトーナメントをするんだ？」

「何のためって」

マスターが呆れたように言う。

「リーグ戦があるのに、何のためだ？」

太田黒がしつこく尋ねる。

「そう言われてもねえ」

マスターがそう言って苦笑いをする。

「Jリーグ機構の資金集めのために決まっているだろう」

大志郎が言った。

「なるほど。だけどよ、リーグ戦とまったく別の時期にやるんだったら判るぜ。でもリーグ戦をやってる真っ最中の四月から十月に、リーグ戦と並行してナビスコカップが開かれるなんて、俺にはどうも納得できねえ」

「まあ、見てる方も何を応援していいのか、少し迷うでしょうね。あたしはなんでもかんでも応援してますけど」

マスターが言葉を繋ぐ。

「ほかになかったか？」

「天皇杯もある」

「そうだ、それそれ」

太田黒は人差し指を振り回した。

「天皇杯は毎年元日に決勝が行われます」

「それは今でも見てるよ。たしか出場チームは高校から大学、社会人、プロと何でもありだったな」

「そうです」

昨年の予選では、全国高校総体覇者の国見高校がJ2のフロンターレ川崎に七対一で敗れたかと思えば、市立船橋高校が日本サッカー界の王者、横浜F・マリノスと戦い、二点リードされたあと追いつき、最後はPK戦までもつれこんだりもした。からくも横浜が勝ったが、岡田武史監督は会見を五分で切りあげた。その後の全国高校サッカー大会では、平山を擁した国見高校が、カレン、鈴木の市立船橋や永嶺らの鹿児島実業を抑えて優勝をさらった。

「その他にも、代表チームの親善試合が年間、何試合も組まれている。公式戦かと思って気合いを入れてテレビをつけたら、ただの親善試合だったってケースが何度もあったぜ」

「コンフェデもあるしな」

「なんだいそりゃ」

「コンフェデレーションカップ。FIFA主催の世界大会だ」

コンフェデレーションとは、各大陸の連盟、の意味である。基本的に二年に一度開かれる大会で、各大陸の優勝国、開催国、招待国が出場する。

「ああ。それだって何のために開かれるのか、趣旨が判らねえわな」

「これはＦＩＦＡの資金集めさ」

大志郎が断言した。

「出場者のスケジュールだってきつきつだ。無理してやるような大会じゃない」

「だろ？」

太田黒が顔をほころばせた。

さらに昨年、東アジアサッカー選手権も新しく始まった。

「日本に絞ったって、天皇杯を入れると、年間に三つの優勝があるわけだ」

「ゼロックススーパーカップもあります」

ゼロックススーパーカップとは、前シーズンのＪリーグ年間チャンピオンと、天皇杯優勝チームとの間で争われるもので、年間チャンピオンと天皇杯優勝チームが同一の場合は、天皇杯準優勝チームとの対戦となる。その場合、天皇杯優勝チームと準優勝チームが、さらにもう一度雌雄を決する形となる。

「その中でどれがいちばん価値があるんだ？」

「それは、それぞれ価値があるでしょう」

マスターが答える。

「そんな当たり障りのねえ答えなんざ聞きたくねえ。選手にとっちゃ、どの優勝がいちばん欲しいかって訊いてんのよ」

「それは、まあ、リーグ優勝でしょうね」

「だったらナビスコカップや天皇杯は、何のために行われるんだよ」

「それは」

マスターが答えに詰まった。

「ナビスコカップが行われてる七ヶ月もの間、同時にリーグ戦も行われてるんだぜ。見てる方は、いや、選手だって、どっちに力を入れていいかモチベーションを保つのに大変じゃないか?」

「それは刑事さん、大きなお世話でしょう」

マスターが言う。

「そうかな」

「そうですよ」

「リーグ戦に最下位で、ナビスコカップに優勝するのはうれしいか?」

「そんなこと、あんまり起きないと思うけどな」

典絵が言った。

「可能性としちゃあるだろ。つまり俺の言いたいのはだな、ナビスコカップをやめてリーグ戦一本に絞った方がよっぽどスッキリするってことだ。見てる方も選手もな」

「リーグ戦一本じゃ、なんか物足りなくないですか？　リーグ戦に優勝したらおしまいですから」

「だったらプロ野球みたいに二リーグにすればいい。両リーグの優勝チーム同士で日本一を争えば、盛り上がるだろう」

「でもいまだって第一ステージと第二ステージの優勝チーム同士で争いますよ」

「参加チームはどっちも同じだぜ。なんで二回やんなきゃいけないんだよ。年間通せばぶっちぎりの優勝チームが、第一ステージで最下位だったチームに優勝をさらわれるケースだって考えられるんだぜ。こんな時は釈然としねえだろ」

「勝負は時の運ですから」

「まあそれも来期には改善されるらしいが、それにしても、一リーグ一シーズンというのも雌雄を決するという感じからはほど遠い。やっぱり二リーグの優勝チーム同士で日本一を争いたいね」

マスターは助けを求めるように大志郎を見た。

「それで決まった日本一のチームと、今度は韓国一のチームの間で戦えばさらに盛り上がるんじゃないかな」

「おお、そうだ。お前さん、いいこと言うぜ」

太田黒はニヤリと笑った。

「だったら中国や東南アジアのチームも入れたらどうです？」

マスターがあきらめたように言う。

「それはすごいな。だけどエスカレートするとワールドカップと変わらなくなっちまうな」

典絵が噴き出した。みなは初めて典絵の存在に気がついたように典絵を見る。

「アジア大会の四年間の成績のトータルでワールドカップ出場権を競うようにすればどうかしら」

「おお、それ、いい意見だ」

太田黒がさらに笑顔を膨らませた。水割りを口に含む。太田黒につられるように、大志郎も典絵もグラスを口に運ぶ。それを見ながらマスターも笑っている。笑ったまま、誰も次の言葉を発しなくなった。

三人がそれぞれのグラスを見つめた。

「それにしても念入りだな」

ようやく太田黒が口を開く。

「何がです？」

マスターが訊き返す。

「山野井の部屋さ」

大志郎は緊張が顔に表われないように意識した。

「内側から鍵がかかっていて」

「山野井は一人で部屋にいたんだろ？」

大志郎は太田黒の言葉をさえぎって質問した。

「ああ」

「だったら鍵をかけるのは当たり前じゃないか」

「だが上から粘土を被せてある」

「ネンド」

「ドアの鍵、窓の鍵、換気扇、ドアの隙間と、考えられるあらゆる隙間に内側から粘土が被せてあった」

「どういうことだ？」

「これは自殺ですってことさ」

他殺なら、犯人は山野井を殺した後、内側から鍵をかけることはできない。まして鍵の上から粘土が被せられているとすれば、工作はなおさらできない。

「どうして山野井はそんなことをしたんだろう」

「だからよ、念入りすぎるって言ってるわけだ。鍵をかけるにしちゃあよ」

「他殺だという疑いがかからないようにしたんじゃないかしら」

「山野井がですか？　それとも犯人が？」

「犯人だって？　刑事さん、他殺を疑ってるのか？」

「すべてを疑うのが警察の仕事だ」

「だって、山野井が死んでた現場はどう見たって自殺だろ」

大志郎はそう言って太田黒を見ると、太田黒の目はギラギラと光っている。

「それともおっさん、あんたまだ何か隠してるのか？」

「隠していたとして犬山君に教える必要があるのか？」

「犬山じゃなくて犬飼。名刺を渡しただろ？　いいかげん覚えたらどうだよ。あんたそれでも刑事か」

「あんまり罵倒すると名誉毀損《きそん》でしょっぴくぞ」

マスターが大志郎と典絵の前に水割りを置く。

「俺のは？」

「刑事さんは糖尿だって言ったでしょう。少しは控えなきゃ」

「糖尿と酒とは何の因果関係もねえんだよ」

「新説だな」

「酒なんか飲まなくたって糖尿になるやつはなる。俺のかみさんは下戸《げこ》だが胆石持ちだ。娘は化粧しまくって顔が変わっちまうし息子はひきこもりだ」

「親父は帰宅拒否症か？」

太田黒がじろりと大志郎を睨んだ。

マスターが太田黒に水割りを出す。

「どうして粘土なんか被せたのかしら。もしかしたら……」

「もしかしたら？」

「そうしなくちゃならない訳があったとか」

太田黒は大きく頷いた。

「さすがお嬢さんだ。考え方が鋭い」

「どんな訳があったっていうんだ？」

「知るか」

大志郎は肩をすくめた。

「おっさん、俺には冷たいんだな」

「優しくされたいのか？」

「山野井さんは、部屋の中のどの辺りに倒れていたんですか？」

太田黒はズボンのポケットの中から分厚い黒い手帳を取って、その中から折り畳んだ白い紙を出して大志郎に渡した。

（もしかしたら俺たちにも見せようと思って持ってたのかもしれないな）

大志郎はそんなことをふと思った。

大志郎は紙を広げ、カウンターに置いて典絵と二人で見た（A図参照）。

「外部と通じるすべての箇所に粘土が被せてあったんだな？」

「一ヶ所を除いてはな」

「一ヶ所？　どこだそれ」

「トイレさ。下水道を通じて外部とつながってるだろうが。その便器には粘土が被せてなかった」

「アホか」

「事実を指摘したまでだ。それをないがしろにするようじゃ、お前さん、刑事には向いてねえな」

「それを聞いて安心した」

「ライターにも向いてねえだろう」

大志郎は太田黒の言葉を聞き流した。

「凶器は山野井の持物か？」

話題を元に戻す。

「山野井の部屋にあったボウガンだ。指紋も山野井のものしか出ていねえ」

「だけど、自分の額を撃ち抜くなんて凄まじい死に方ができるものかな」

「昔、同じような死に方を選んだ俳優がいたぜ」

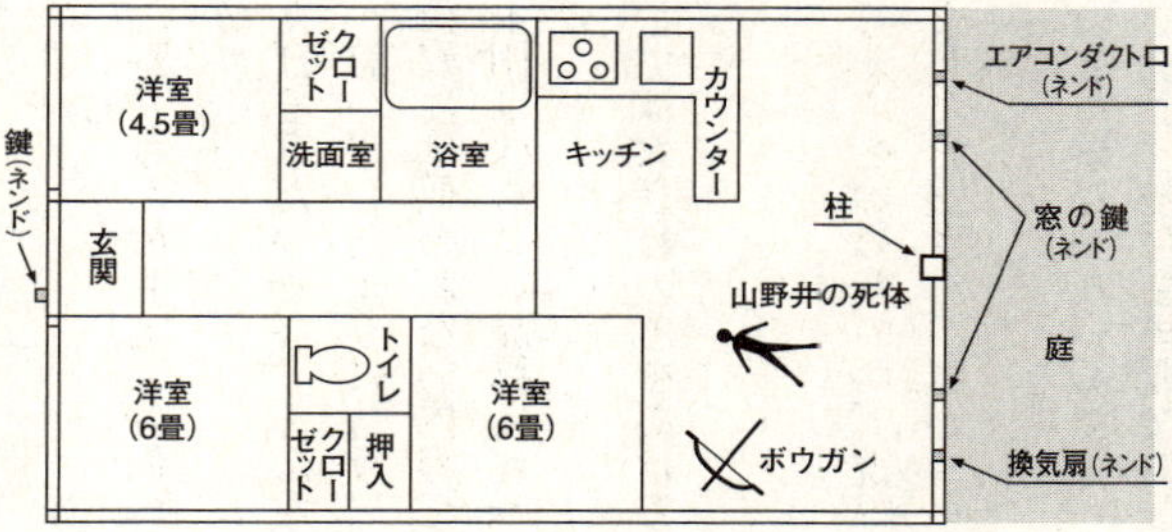


A図（山野井死体発見現場）

「ということは、自殺でもおかしくはないってことか」

太田黒は返事をしない。

「安東も山野井も自殺か。二人とも人気、実力とも絶頂の時に」

「二人ともスーパースターだぜ。自殺しなきゃならねえ理由がどこにあるってんだ」

太田黒は誰にともなく訴えた。

「でも、山野井さんて、見かけよりずっと繊《せん》細《さい》な人だったんじゃないかしら」

典絵が言った。

「どうしてです？　どうして山野井のようなゴロツキを繊細なんて思うんです？」

「あんた捜査にあたって先入観を持ちすぎだな」

太田黒は大志郎の言葉を無視して典絵を見つめている。

「本です」

「本？」

「ええ。山野井さんのお宅にお伺いしたときに、本棚を覗いたんですけど、臨死体験とか、原罪論とか」

「そういえばそうだったな。そんなことを君から聞いたっけ」

大志郎が思いだしたように言う。

「たしかに奴には似合わない内容だ」

「安東の本棚は奴らしい品揃えだったがな」

「あ」

典絵にしては大きめの声をあげる。

「どうした？」

「いえ」

典絵は考え事を始めたのか、視線が虚《うつ》ろになる。

「どうしましたお嬢さん。気がついたことがあったら何でも言ってください。これは捜査なんですから」

「でもたいした事じゃないんです」

「いいんですよ。どんな些細《ささい》なことだって」

典絵は頷いた。

「『亜空間通信』って雑誌、二人の本棚にありました。安東さんの本棚にも、山野井さんの本棚にも」

太田黒は手帳を出して典絵の話をメモしている。

「チームの機関誌じゃないのか？」

「お前さんは黙ってな」

太田黒が大志郎の言葉を封じる。

「それと、安東さんの日記がなくなってたの、ご存じですか？」

「なんだと」

太田黒は目を剝《む》いた。

「お嬢さん、あんたなんでそんな重要なことを黙ってたんだ」

「ごめんなさい」

「警察じゃとっくに摑んでると思ったぜ」

「フェアに行こうな、若いの」

「競争でもしてるつもりか？」

「阿呆。素人と競争してどうする」

太田黒はむくれたのか口を噤んだ。

マスターが三人に水割りを出す。典絵が真っ先に手を伸ばし、ごくんと咽を鳴らして一気に飲み乾した。

⚽

十一月に入った。

第二ステージは十二節に突入した。

目白の喫茶店で、大志郎は田中陽一のサイン色紙を典絵に渡した。今日は土曜日だが、会社は休みではない。二人とも仕事の途中である。

「ありがとうございます」

「意外にミーハーなんだな」

「そうですよ犬飼さん。わたし『70才』の取材だって、浦和レッズの追っかけしてるようなものなんです」

「田中陽一はレッズじゃないぜ」

「レッズ以外にも好きな選手はたくさんいます」

典絵は心底サッカーが好きなんだな。大志郎はそう思った。だが……。

「陽一のファンになる気持ちが判らないな。達也ならともかく」

「あの人の明るいところが好きなんです」

「能天気なだけだ。遊んでばかりいるから、かみさんにも逃げられた」

「でも犬飼さん、なんだか田中さんのことが好きみたい」

典絵の細い目で見つめられると照れる気にもなれない。

大志郎はロイヤルケーキをフォークでちぎった。ぼんやりと自分と典絵の年齢のことを考える。

(三十歳と二十二歳……。恋愛の対象になるには歳が離れすぎているだろうか?)

典絵は無邪気な表情で大志郎を見つめている。大志郎は慌てて視線を落とし、ちぎったケーキを口に運ぶ。その仕草を典絵がおかしそうに眺めている。

「そろそろ行こうか」

大志郎はケーキを平らげると伝票を摑んだ。


社に戻るとなんとなく騒がしかった。

「何かあったのか?」

大志郎が小板橋に訊く。

「別に。ただ浦和レッズが首位に立ったってだけですよ」

典絵が小さく「やった」と言った。

今日は昼間、浦和レッズも横浜F・マリノスも試合があった。その試合にレッズは勝ち、マリノスは負けたのか。

「東京スターボウは負けました」

「やっぱり大きいな。安東と山野井が抜けた穴は」

田中一人では如何《いかん》ともしがたいか。大志郎は小さな溜息を漏らす。

小板橋がパソコンからプリントアウトした順位表を典絵に渡した。

| | | | |
|---|---|---|---|
| 一位 | 浦和レッズ | （十勝一敗一分） |
| 二位 | 横浜F・マリノス | （九勝二敗一分） |
| 三位 | 静岡フェニックス | （八勝一敗三分） |
| 四位 | 東京スターボウ | （八勝三敗一分） |
| 五位 | 鹿島アントラーズ | （七勝四敗一分） |
| 六位 | ジュビロ磐田 | （七勝三敗二分） |
| 七位 | ジェフユナイテッド市原 | （六勝二敗四分） |
| 八位 | 名古屋グランパスエイト | （四勝五敗三分） |
| 九位 | 清水エスパルス | （四勝六敗二分） |
| 十位 | FC東京 | （四勝七敗一分） |

大志郎が順位表を覗きこむ。

「安東と山野井が死んで、渋川監督はよかったって思ってるかもしれないすね」

「監督はそんな人じゃありません」

小板橋の言葉に、典絵が強い口調で否定する。

「渋川監督はサッカーを愛しています。サッカー界の宝の死を、悼《いた》んでいる筈です。それ以前に、かつて一緒に戦った仲間の死を悼んでるでしょう」

「ごめん」

小板橋が謝った。

(だが、はたしてそうだろうか?)

大志郎は煙草を銜《くわ》えながら考えた。

(渋川監督の日本一に懸ける執念には凄まじいものがある)

鬼気迫ると言ってもいいぐらいの目つきがテレビ中継でも捉えられている。

(あの様子じゃ、ライバルチームの主力選手の死を夢想したとしても俺はおどろかない)

大志郎は煙草の煙を吐き出した。

「犬飼」

星野社長が言った。

「山野井が自殺した部屋にはダイレクト・メールが落ちていたそうだぜ」

「ダイレクト・メール？」

社長は何を言ってるのだろう？

「何者なんだ？　この太田黒という男は」

星野はファックス機から切り取られたらしい紙片を大志郎に渡す。

大志郎はその紙片を受け取る。太田黒からのファックスだ。乱暴な字でメッセージが書かれている。


――山野井殺害現場にＤＭあり。　　太田黒

「知合いか？」

「ええ。熱烈なサッカーファンですよ」

大志郎は紙片を典絵に渡した。典絵の顔が心なしか蒼ざめる。

「しかしどうだっていうんだ？　ＤＭ《ダイレクト・メール》が落ちてたからって」

「ダイレクト・メールじゃありません」

典絵が言った。

「ダイイング・メッセージです」

典絵の言葉を星野は不思議そうな顔をして聞いている。

「どういうことだ？」

「他殺だということです」

典絵の言葉に大志郎は頷いた。

（警察用語にもダイイング・メッセージなんて言葉あるのかな？）

大志郎は太田黒の顔を思い浮かべた。

## 6

大志郎は一階の公衆電話から、太田黒の携帯電話に連絡を入れた。

——犬飼だ。

——おう。ファックスを見たか？

——見た。よくダイイング・メッセージなんて言葉を知ってたな。

——一般人に内容を知られたくないとき、ＤＭって書きゃ暗号代わりになるだろう。

大志郎は鼻で笑った。

――で、そのダイイング・メッセージの内容を知りたいんだけどな。

――お前の家のファックスに送ってやろう。

――わかった。番号を言う。


電話を終えて振り向いたとき、典絵が立っていた。

「ダイイング・メッセージ、ファックスしてくれるんですね」

「ああ。君が安東の日記がなくなっていたことを教えただろ」

「ええ」

「そのことのお礼のつもりなんじゃないかな」

「だったら、あたしにも知る権利がありますね。ダイイング・メッセージの内容」

「明日教えるよ」

「すぐにでも知りたいわ」

「しかし」

「お邪魔してもいいかしら」

大志郎は返事に詰まった。

「今ごろ、届いてるかもしれませんよ。ファックス」

「俺の家はここから遠いぜ。西武新宿線だ」

「都内ですか?」

「ああ。中野区の沼袋というところだ」

「知ってます。友だちが住んでました」

典絵は大志郎の前から動かない。

「だけど汚い部屋なんだ。片づけられない症候群でね」

「ウソです。会社の犬飼さんのデスク、きれいに片づいてます」

「しかし男の一人暮らしの部屋に、女性を案内するとなると抵抗がある」

「あたしはありません」

典絵が真っ直ぐに大志郎を見つめる。

「このままだと、なんとなく渋川監督が疑われてるような雰囲気もあるし。少しでも早くダイイング・メッセージを見たいわ」

典絵がわがままを言うことは珍しい。

「わかった。君には知る権利がある」

大志郎はあきらめた。

「その代わり、ファックスを見たらすぐ帰れよ」

典絵は答える代わりにニッと笑うときびすを返した。

西武新宿線で沼袋まで行くと、七、八分歩いて大志郎のアパートに着いた。

古びた外観の二階建てのアパートだ。

外付けの階段を上ると、大志郎は部屋の鍵を開けた。

(俺の部屋にノコノコついてくるなんて、少なくとも俺を嫌ってるわけじゃないんだな)

大志郎は遠慮深くそう思う。

「お邪魔します」

典絵が明るい声で言った。

(俺の部屋にこんな華やいだ声が響いたのは何年ぶりだろう)

大志郎がぼんやりとそんなことを思っていると、典絵はパンプスを脱ぐのももどかしそうに部屋に上がりこんだ。

大志郎も慌てて灯《あか》りを点ける。電話機兼ファックス機に向かう。床の上に、自動的に切り取られたファックス用紙が落ちている。大志郎はすばやく用紙を拾い上げた。

山野井が、自らの血で床に書いたメッセージの写真が写っていた。

「70才って書いてありますね」

「ああ」

「山野井さんは死ぬ直前、自分の血で〝70才〟って書いたんですね」

おそらくは犯人を名指しするために。

大志郎は手にした用紙を典絵に渡した。

「自殺した人が、自殺を決行した後で何かを書き残そうなんてしないですよね」

大志郎は畳の上に坐った。

「もちろんしない。山野井は殺されたんだ。そして、死ぬ直前、混濁する意識の中で気力を振り絞って犯人を指摘しようとしたんだ」

2DKのアパートの居間兼応接間の畳の上に、典絵も坐りこむ。大志郎は冷蔵庫から缶ビールを出してグラスと共にミニテーブルに運ぶ。

二人は無言で飲み出した。

「田中が渋川監督のことを〝70才〟ってニックネームで呼んでたな」

大志郎が言った。

「もちろん俺は監督が犯人だなんて思っちゃいない」

大志郎は典絵を安心させるかのように言った。

「だけど一応は確認したい。山野井や安東が渋川監督をどう呼んでいたのか」

典絵の顔がわずかに強ばった。

「君なら知ってるんじゃないか？」

「知りません」

典絵は即座に答える。

「でも、レッズやスターボウの中には、監督のことを〝あの70才〟って感じで悪口を言う輩《やから》もいたんじゃないか？」

「いたかもしれません。でもあたしは知りません」

「わかった」

大志郎は承諾の印に片手をあげた。

「問題は山野井がどういうつもりで〝70才〟なんて書き残したかだな」

「そういえば」

「何を？」

「山野井さん〝俺はただじゃあ死なない男だ〟って言ってたわ」

「やつはそれを文字通りに実践したってわけか」

山野井は自殺じゃない。おそらく安東も。二人を殺害した犯人が必ず存在する。大志郎はそう確信した。

「渋川監督に会えないかな」

大志郎がそう言うと、典絵は睨むような目を大志郎に向けた。

「さっきも言ったように俺は監督を犯人とは思っちゃいない。でもこんなダイイング・メッセージを遺されたんじゃ、話を聞かないわけにはいかないだろ」

言葉とは裏腹に、大志郎の心の中に、もしかしたら犯人は渋川監督ではないのか、という直感のようなものが生じていた。だが、いずれにしろ何も確定することはできない。

「気難しい人だから、会ってくれないかもしれませんよ」

「それは重々承知している。だからこそ君に頼んでるんだ」

典絵は頷いた。

「君が頼めば何とかなるんじゃないか？　あるいは君にくっついて行ってもいい」

「わかりました」

典絵は気分を害している。大志郎はそう感じた。

(典絵が今日、俺のアパートに泊まっていくという夢のような可能性はこの時点で消滅したのかもしれない)

大志郎はビールを呷った。

「あたし、ダイイング・メッセージの意味が少し判ったような気がするんです」

「え？」

「本当か？」

大志郎はグラスを手に持ったまま典絵の顔を見つめた。

「ええ」

大志郎はグラスを置いた。

「どういう意味なんだ？」

「ごめんなさい。今はまだ言えません」

「おい、そこまで言ってそれはないだろう」

「だって、まちがってたら名誉毀損になっちゃうから」

「ここには俺と君しかいないんだぞ」

この言葉は典絵に事件とは別次元のことを想起させてしまうかもしれない。

「ごめんなさい」

典絵は頑《かたく》なに自分の考えを吐露《とろ》することをこばんだ。

「しょうがないな」

大志郎は苦笑いを浮かべる。

「そろそろ腹が減ったな。飯でも喰いに行くか」

照れ隠しのように言う。

「今からですか？」

「腹減らないのか？」

「外に出るのめんどくさいですね。ピザでも取りませんか？」

「ピザか」

典絵の申し出は大志郎にとって意外だった。

「悪くないな」

「ビールの買い置きはありますか？　なければビールも頼みましょう」

長居するつもりだな。

(俺は大歓迎だが……)

「どうなんですか？」

「え？」

「ビール」

「あ、ああ」

ビールはいま出ている二本で終わりだ。〈よかいち〉の買い置きもあとわずかだ。

「ビールも頼もう。五、六本」

「足ります？」

「じゃあもう少し頼むか」

典絵はニッコリと笑った。

誘っているのだろうか？　この俺を。大志郎は不覚にも心拍数が上がっていることを自覚した。

「犬飼さんて、意外と紳士なんですよね」

大志郎は飲みかけていたビールを噴き出しそうになった。

「意外と、は余計だろう」

手で口を拭う。

「でも紳士の条件の中には〈時には紳士でなくなること〉って項目が含まれてるの、知ってます?」

「なんだって?」

「なんでもありません」

典絵は空になったグラスにビールを注いでいる。

(典絵はどう考えても遊びの対象にはならない)

典絵を抱くのだったら、覚悟が必要だ。つまり、本気になれるかどうか。そんなことを考えること自体、すでに本気になり始めている証拠かもしれない。大志郎はそう思った。

典絵は大志郎の思惑などお構いなしに、笑顔でビールを飲み乾した。

⚽

虎ノ門のフォルクスというステーキハウスで五杯目のココアを飲みながら、太田黒は雑誌を読んでいた。

それにしても変わった宗教だな、と太田黒は思う。

――〈女神の御霊〉。

徹底的に秘密主義を貫く教団で、マスコミの取材もことごとく断わっている。内部事情を知ろうとすれば、誰かをスパイとして送りこまなけりゃいけねえな……。

太田黒はそんなことをぼんやりと考えている。

「すみません、遅れました」

岩間が太田黒の前に坐った。太田黒よりさらに背が低い男だ。身体も痩せている。瓜実顔《うりざねがお》に、得体《えたい》の知れない微笑を常に浮かべていて、しかし太田黒以外の人間には、それが安心感を与えるらしい。

(このシャツ、なんとかならんのか)

岩間はブルーのワイシャツを着ている。ブルーでない日も、イエローやピンクなど、色のついたシャツを好んで着ている。最初は注意していたが、効き目がないので近ごろは何も言わなくなった。

「この店いいですね。安いお金で何杯でも飲めるんだから」

岩間は席に着くなり、刈りあげヘアのウェイトレスにホットドリンクバーを注文した。

「だからといってそうそう飲めるもんじゃねえ」

太田黒は岩間を見つめる。早く報告をしろという意味である。

「不思議ですねえ」

岩間が太田黒の視線の意味に気がついた。

「安東も山野井も、おかしな保険の入り方をしてるんですよ」

岩間は旅行鞄のような大きな鞄から、自分の顔ほどもあるシステム手帳を取りだした。太田黒は黙って岩間の言葉を待つ。

「安東は自分のかみさんを、山野井は自分の母親を受取人にして、それぞれ一億円ずつ生命保険に入ってます」

「それのどこが変なんだ?」

「いえ、ここまではいいんです。ちょっと待っててください」

岩間は立ち上がった。

「ドリンクを取ってきます」

岩間はそう言うと、ドリンクバーからアップルティーを注いで来た。再び話し出す。

「問題はその後ですよ。いいですか、よく聞いてくださいよ」

岩間はシステム手帳をパラパラとめくった。なかなか目当てのページを見つけられない。

(効率の悪い使い方をしてやがる)

太田黒は冷ややかな目で岩間の手を見つめる。

「あったあった。ありました」

岩間がうれしそうな声をあげる。

「安東も山野井もですね、その他に、同じ女性を受取人にして、やっぱり一億円の保険に入ってるんですよ」

「何だ？　どういうことだ」

「田中佳子《けいこ》って女性なんです」

「それは、かみさんや母親とは別の女性か？」

「そうです。安東も山野井も、この田中佳子って女性を受取人にして、別口の保険に入ってるんですよ」

「それは大きな進展じゃねえか」

「そうでしょう？」

岩間は自慢そうに胸を反らした。

「で、何者なんだ、その田中佳子ってのは」

「詳しいことは判らないんですよ。判ってるのは住所ぐらいで」

「お前それでも刑事か」

「保険会社の人間も口が堅くて。守秘義務とか何とか」

「何とかはねえだろう。警察官にも守秘義務はあるんだ」

「それを守ってるっていうのは、保険会社の人間も、ある意味えらいもんですね」

「感心してどうする。これは殺人事件なんだぞ」

「自殺でしょう」

「殺人だ」

「特別捜査本部だって置かれてないんですよ。上の判断は自殺なんです」

「そのうちに捜査本部は置かれる。上だって馬鹿じゃねえ」

「太田黒さんの目のつけどころには感服しますけど、これは無理じゃないかなあ」

岩間は笑みを浮かべながら言う。

「お前、田中佳子という名前を聞いてピンときたろうな」

「ピンとですか？」

「そうだよ」

「ああ、あれですね。安東の言葉。〝田中に殺されるかもしれない〟っていう」

「そうだ。お前も少しは刑事らしくなってきたじゃねえか」

「それほどでもありません」

「馬鹿野郎、皮肉で言ってんだ」

太田黒は煙草を灰皿に押しつける。

「でも太田黒さん、無理ですよ。田中なんて名前は掃いて捨てるほどあります。もしかしたら日本でいちばん多いんじゃないですか？」

「一番は佐藤だ。二番が鈴木。田中は三番」

「岩間は？」

「知るか」

「残念だなあ」

岩間は心底残念そうに肩を落とした。

「でも、いずれにしろ、田中という言葉だけで田中佳子を特定することは無理ですよ」

「当たり前だ。ただ〝その可能性はあるな〟っちゅうことだ」

「しかしですねえ、この二件は自殺ということでほぼ決まりですから」

「山野井はダイイング・メッセージを残してるんだぞ」

「太田黒さん、しゃれた言葉を知ってますね」

「馬鹿」

「たしかに山野井は〝70才〟って書き残しましたけど、だからといって他殺とは限らないわけでしょ」

「どうしてだ」

「自殺を決行した後、まだ息があって〝自分はせめて70才までは生きたかった〟っていうメッセージを残したくなったのかもしれません」

「お前、何か宗教はやってるか？」

「何ですか、突然」

「いいから答えろ」

「無宗教ですよ、ぼくは」

「だったら今日から〈女神の御霊〉の信者になれ」

岩間はアップルティーを噴き出しそうになった。

「何ですか、それ」

「新興宗教の教団だよ」

「どうしてぼくが」

「そろそろお前も落ち着いて宗教に取り組む歳だろう」

「ぼくはまだ二十四ですよ。それに宗教に歳なんて関係ないでしょう」

「これは命令と受け取ってくれてもいい」

「受け取りませんよ、別に」

「受け取れ」

「日本では信教の自由が保障されてると思いましたけど。もちろん、何も信じない自由も」

「〈女神の御霊〉が発行してる『亜空間通信』って雑誌がな、安東の部屋にも山野井の部屋にもあったんだ」

「本当ですか」

「ああ」

「でも、だからといって」

「お前、面倒くさいんだろう」

「あ、当たりです」

太田黒は怒る気も失せて目を瞑り溜息をついた。

「だって山野井はどう見たって自殺ですよ。部屋の中から鍵がかかってたんですよ。しかもご丁寧に粘土まで被せてあって。他殺の可能性なんて万に一つもないじゃないですか」

「安東も山野井も殺されたんだよ」

「それは太田黒さんの山勘でしょう」

「俺の勘が外れたことが今まであったか？」

「何度かありますよ」

「〈女神の御霊〉の本部はここから遠くねえ。今から行ってこい」

「そんな強引な」

太田黒は岩間が来る前に読んでいた『亜空間通信』を出して裏表紙を見せた。

「見ろ。住所がここに出てる」

——発行所　宗教法人　女神の御霊本部
　　　東京都港区東新橋二—三—一
　　　　ベテル日比谷

「歩いて十分もかからねえだろう」

「あれ」

岩間が頓狂な声を出した。

「どうした」

「この住所、どこかで見たような住所だな」

「どこでだ」

「何かの雑誌かな」

「〈女神の御霊〉は滅多なことじゃ取材には応じないぜ」

「そうですか。だったら何で見たんだろう?」

岩間はシステム手帳をめくり始めた。

「思い出せ」

岩間の手が止まった。

「どうした」

「あった」

「貸せ」

太田黒は岩間の手からシステム手帳を奪い取った。

そこには小さな細い文字で次のようなメモが書き込まれていた。

――田中佳子。安東大吾と山野井昌彦の保険金の受取人。

住所　港区東新橋二―三―一　ベテル日比谷
二人は顔を見合わせた。

⚽

十一月八日。

横浜国際総合競技場には七万人という大観衆が詰めかけた。

横浜F・マリノス対浦和レッズ。

十三節を終えた時点で、浦和レッズはすでに二位の静岡フェニックスに勝点四の差をつけ、優勝が近づいていた。横浜F・マリノスは連敗を喫し、すでに優勝争いから一歩後退している。

上位五チームの順位は次の通り。

一位　浦和レッズ　　　　　　（十一勝一敗一分）
二位　静岡フェニックス　　　（九勝一敗三分）
三位　横浜Ｆ・マリノス　　　（九勝三敗一分）
四位　東京スターボウ　　　　（八勝四敗一分）
五位　鹿島アントラーズ　　　（七勝四敗二分）

大志郎と典絵、そして太田黒が並んで坐っている。

「すごい数の観客だな」

太田黒が口を開いた。

「満員ですね」

「優勝がかかってるからな。大事なゲームだ」

「この雰囲気はなかなか味わえないですよ」

「横浜まで来た甲斐があったってものだ。ありがとうよ」

太田黒が典絵に礼を言った。

「いいんです。持ちつ持たれつですから」

典絵はそう言いながら大志郎の顔を覗きこんだ。典絵の目はいたずらっ子のような光を放っている。『週刊ヴァーチャル』で手に入れたチケットを、典絵と大志郎が太田黒にも渡したのだ。

スタジアムに小さなどよめきが起こった。エメルソンの突進を、マリノスのディフェンス、松田直樹が足をかけて阻止したのだ。当然、反則である。レッズはいい位置からのフリーキックを得た。

「ナイスディフェンスだ」

大志郎は思わず呟いていた。

「そうかしら」

典絵が咎《とが》めるように言う。

「反則はいけないことだわ」

「それはそうだが、あれは反則しない限り防げないよ。抜かれたら確実に一点ものだ」

「その一点を見たかったんだけど」

「それは君がレッズファンだからだろ」

「レッズファンに限らず、お客さんはシュートシーンを見に来るのよ。その機会を足をかけて潰してしまうなんて罪悪だわ」

「しかしサッカーの目的は試合に勝つことだぜ」

「勝つためには何をしてもいいの？」

典絵と大志郎の言い合いを、太田黒が不思議そうな顔で眺める。

「君は試合をした経験がないから判らないかもしれないが、ディフェンスにとって反則は必要なプレーだよ。反則の多いチームの方が勝つ確率が高いともいえる」

「でも、高い技術を見に来るファンへの裏切り行為ともいえるわ。ファンはドリブルやシュートの高い技術を見に来るんだもの。足を引っかけるのは高い技術じゃなくて汚い技術よ」

大志郎は反論しない。

「汚いプレーでしか相手を止められない選手は、能力が劣っているに過ぎないわ」

「それはいえてる。反則をせずに相手を止められるのなら、それに越したことはない。でもここで止めなくては確実に失点に繋がるというシーンでは、足をかけるのは当たり前の行為だ」

「反則が当たり前だと思っているなんて野蛮すぎる」

「人間は野蛮なものだぜ」

「そうね。足をかけたり、ユニフォームを引っ張ったり。スポーツの世界でもこんなことが平然と行われてるんだから、世界中から戦争がなくならないのも不思議じゃないわ」

「君は理想主義者だな」

「野蛮のままでいいと思うか、一歩でも理想に近づこうとするか。どちらの立場に立つかで意見は分かれるのかもしれない」

「しかし実際問題として、反則をしないディフェンダーなんて世界にいるかな」

「坪井だけでしょうね」

浦和レッズの坪井慶介。クリーンな守備が身上《しんじよう》のディフェンダー。二十三歳の時に、中学以来、初めての警告を受けたが、反則をしないでも相手を止められる、一段高いテクニックの持ち主だ。

「あたし、坪井は世界でもトップクラスのディフェンダーだと思っているわ」

大志郎は黙った。

「お嬢さんは筋金入りのレッズファンというだけかもしれませんな」

太田黒が言った。

「優勝させてあげたいな。渋川監督」

典絵が周囲の喧噪《けんそう》に負けないように大きな声で言った。

「安東と山野井が死んだことによって、渋川監督の優勝の目が大きくなってきたな」

「犬飼さんよ」

太田黒が言う。

「お前さん、まさか渋川監督を疑ってる訳じゃねえんだろうな」

典絵が大志郎を見た。

「誰を疑おうが俺の勝手だろ」

「となりにはレッズファンのお嬢さんがいるんだぜ」

「心情に流されてちゃ真実という名のゴールはゲットできないぜ」

「ふん」

坪井が相手ボールをなんなくカットした。歓声が沸き起こる。

「渋川監督を疑うなんて気が知れんな。ねえお嬢さん」

「ええ。でもたしかに、心情に左右されてはいけないと思います」

太田黒がピンポン玉を飲みこんだような顔をした。

「まさかお嬢さんまで渋川監督を疑ってるんじゃないでしょうね」

「まさか。あたしは監督を疑ったりなんかしてません」

「それを聞いて安心しましたよ。彼には動機がないんですから」

「日本一になりたいというのは動機にならないのか？」

「そんなことで人を殺すか」

「思いこみの激しい刑事だな」

「日本一になりたいんだったら東京スターボウを蹴落とすだけじゃ駄目だぜ。ジュビロやアントラーズにも手を回さなきゃならねえ。いや一番の強敵は静岡フェニックスだ」

「彼ならやるかもしれない」

「なんだと」

「渋川徳治郎の目に宿る狂気の光、俺には見えるような気がする」

大志郎の言葉に、太田黒は一瞬、口を噤んだ。

「まさか静岡フェニックスの選手が死ぬなんて言い出すつもりじゃねえんだろうな」

「死んだら俺の説を信じるか？」

「馬鹿か」

太田黒は鼻で笑った。

「お前さんは壮大な勘違いをやらかしてるぜ。まあ安東殺しの犯人は山野井なんてほざいてたぐらいの頭《おつむ》じゃ無理はねえか」

「田中陽一とほざいてる頭《おつむ》にゃ負けるがな」

「なんだと」

「山野井が死んだところで田中の出番が増える訳じゃない。あんたの言う動機は消滅したんだ」

「安東の洩らした『田中に殺されるかもしれない』っちゅう言葉を軽視しちゃいかん」

「まだ田中を疑ってるのか？」

「ああ。だが田中は田中でも田中佳子だ」

「田中佳子？　誰だい、そりゃ」

「熊野御堂幻花《くまのみどうまやか》という女を知ってるか？」

「熊野御堂……。聞いたことはあるな」

「〈女神の御霊〉の教祖ですね」

典絵が口を挟んだ。

「人間消失が話題になっていた」

「さすがお嬢さんは犬飼君より、ものを知ってる」

久保が浦和ゴールまでボールを運んだ。シュートを放つがバーに当たり、そのまま放物線を描いてゴールの上を通過した。観客席から大きなどよめきが起こる。

「熊野御堂幻花は、おそらく自らの超人的な能力をアピールするために、人間消失なんて怪しげなパフォーマンスを喧伝《けんでん》しているのね」

「そうでしょうな。ただ〝人間を消すことができる〟って言ってるだけで、実際にやったことはない」

「で、その教祖さんがどうした」

「犬飼。田中佳子というのは熊野御堂幻花の本名だよ」

「それが何だってんだ？　調べりゃ判るさ」

「口の利きかたに気をつけろ。人が親切に教えてやってるのに」

「太田黒さん」

典絵が言う。

「熊野御堂幻花がどうしたんですか？」

太田黒は典絵に笑みを向けた。

「〈女神の御霊〉が発行してる機関誌の名前が『亜空間通信』っていうんですよ」

「なに」

大志郎が小さな声をあげる。

「そうでした。あたし調べたのに。でもそれ以上のことは判らなかったんです。だからそのままになっちゃって」

「安東と山野井は〈女神の御霊〉の信者だったたっていうのか？」

「お前さん、週刊誌の記者の割には何も知らねえな」

「あたしも調べたんだけど、判らなかったんです」

典絵が言う。

「〈女神の御霊〉は秘密志向の強い教団ですからね」

「だけど、ふつう有名人が入信すれば、広告塔としての利用価値を考えるものだろう」

「レッズが一点入れたら秘密を教えてやってもいいぞ」

「そう簡単に入るか」

「そこがサッカーのもどかしいところだ。だいたいどの試合も一対〇って感じのスコアだろ？　たとえば、もっとゴールを大きくして、点を入りやすくしたらどうだ？　常に四対三ぐらいのスコアになりゃ、もっとおもしろくなるだろう」

太田黒がそう言った途端、山田暢久からのクロスを永井がヘディングシュートした。ボールは榎本の手をかすめ、ゴールネットまで転がった。

歓声が起こる。

永井が両手を広げ走り回っている。飛びつく田中、長谷部。

「約束だ。教えてくれ」

「仕方ないな」

太田黒は観客席を歩いている売り子にビールを注文した。大志郎と典絵も太田黒に続いてビールを注文する。

「安東も山野井も一億円の保険に入っていた」

「保険に？」

「ああ」

「プロスポーツ選手は保険に入れないんじゃないのか？」

危険度の高い職業に従事している者は、保険会社から加入を拒否されると大志郎は聞いたことがある。

「そんなことはねえ。入ろうと思えばプロレスラーだって入れるさ。ただし保険料は馬鹿高くなる」

「判った。で、それがどうした?」

「受取人は二人とも熊野御堂幻花だ」

「なんだって」

「驚いたか」

大志郎は返事ができなかった。

「犯人は熊野御堂幻花こと田中佳子だ。動機は保険金目当て」

太田黒は急ピッチでビールを飲み乾した。

「簡単に決めるな」

「物事は単純に考えるもんなんだよ」

「でも」

典絵が口を挟む。

「それだと山野井さんが残したダイイング・メッセージの意味はどうなるのかしら」

〝70才〟。

太田黒は眉間に皺を寄せた。

「判らなくなりますな、たしかに。もしかしたらそれほど意味のなかった事なのかもしれない」

「気力を振り絞って書いたのに？」

典絵がビールを口に運ぶ。

「もしかしたら……」

典絵がビールを一口飲む。

「何か考えがあるんですか？」

「ええ」

マリノスが反撃に出た。波戸が相手ボールをカットして、前線の久保にロングパスを通したのだ。

「山野井さんはなんとかして、死ぬ直前、犯人の名前を書き残そうとしたんです」

相手ディフェンスを前に久保がボールをキープしているが、パスする相手がいない。強引に自分で突破しようとする。

「山野井さんの頭の中では、犯人の名前は部屋番号でインプットされていたのかもしれない」

「部屋番号？」

「ええ」

「何ですか、そりゃ」

久保がボールを奪われた。スタジアムに溜息が洩れる。

「〝70才〟は70才じゃなくて、もしかしたら、704号室のことかもしれないわ」

「704号室？」

太田黒が頓狂な声をあげる。

「お嬢さん、現場の写真のコピーを見せたでしょう。ハッキリと70才と書かれている。読み間違えようがない」

「でも、最後の〝才〟の字は死ぬ直前に書かれたんですよ。むしろ正しく書ける方がおかしいと思うんです」

「4という数字を書こうとして、力尽きて才の字のようになってしまったって言うんですか？」

「ええ」

「おもしろい説ですな」

太田黒はニヤリと笑った。

「でもねお嬢さん。人は普通、誰かを部屋番号で覚えているなんてことはないでしょう」

「そうかしら」

典絵が異を唱えたので、大志郎はおやと思った。

「たとえば知ってる人が二人、同じマンションに住んでいたとしたら」

典絵はビールを一口飲んで続ける。

「あいつは105号室。あいつは704号室、という風に覚えることもあると思うんです」

「704号室……。誰か特定の人物のことを言ってるんですか?」

そう言いながら太田黒の顔色が変わった。

「そうか。福井……」

静岡フェニックスの福井幹夫。

「奴は安東と同じマンションに住んでたな」

「安東は301号室。福井は704号室か」

大志郎が言った。

「だがしょせん、福井には動機がない」

そう言って太田黒は安堵したような笑みを浮かべた。

「それに、本当に他殺なのかっていう根本的な問いかけもあるしな」

大志郎が言った。

「ここにいる三人は山野井の死を他殺と決めこんでいる」

「ダイイング・メッセージが残ってたからな」

「だけど他殺だとしたら、犯人はどうやって山野井を殺したんだ? あの部屋は完全な密室だったんだぞ」

錠という錠、孔という孔にはすべて内側から粘土が被せてあった。

「吐かせますよ、熊野御堂幻花を締めつけて」

太田黒が典絵に言った。

「山野井さんの死体を発見したのは福井さんですよね」

「第一発見者を疑え、ですか」

「そういうつもりはないけど、でももし密室が何らかのトリックの結果生じたものだったとしたら、第一発見者だったらそのトリックを仕掛けやすいんじゃないかしら」

「なるほど。動機さえあったら福井は重要参考人になっていたところですな」

「動機から言ったら、渋川監督がいちばん怪しいぜ」

「馬鹿野郎。日本一になりたいから殺したなんて動機があるか」

「狂気という動機かもしれない」

「渋川監督に狂気が宿ってるってえのか?」

「俺にはそう見える」

「お前の方こそ狂気だ」

「秘密保持、という動機もあります」

大歓声が起こった。奥がミドルショートを放ち、レッズゴールに突き刺さったのだ。

「絶対に人に知られたくないという福井さんの秘密を、安東さんや山野井さんが知ってしまったとしたら」

「どんな秘密です？」

「判りません。ただそう考えることもできるというだけで」

「難しく考えるなよ」

大志郎が典絵に言った。

「山野井の残したダイイング・メッセージは70才だ。つまり渋川監督を指してるんだよ。ものごと単純に考えなきゃな」

「賭けるか？　若いの」

「やめとこう。賭け事は法律違反だから」

「おもしろくねえ野郎だな」

「賭け事はｔｏｔｏで充分だ」

「やってるのか？」

「ああ。今まで二十四口を四回購入して、四回とも十勝三敗だ」

「いい成績じゃねえか」

「そうともいえないんでね」

大志郎の言葉に、典絵が微かに笑みを洩らした。

十一月十三日。犬飼大志郎はＪＲ中野駅北口から歩いて新東京スタジアムへ向かった。午後三時。

今日はゲームはない。だが、練習はここで行われる。

五、六分も歩くとビッグアイと呼ばれる新東京スタジアムの威容が見えてきた。スタジアムに着くとゲートをくぐり〝関係者以外立入禁止〟と書かれた扉を開けて監督室に向かう。

（今度は観客席に坐ってのんびりと試合を見てみたい。ビールでも飲みながら）

大志郎はそう思った。長い間サッカーを避けてきたが、安東と山野井の事件を典絵と追う内に、いつの間にかサッカーに対するわだかまりが消えつつある。

狭い通路の階段を上り下りしているうちに〈監督室〉と書かれたドアに着いた。

インタビューの時間は十分間と限定されている。

（それでも優勝目前という時期に初対面の人間に会ってくれるだけでも幸運だ）

典絵の仲介がなかったらとても実現しない企画だった。

大志郎はドアを開けた。小柄な渋川監督が丸椅子に坐って煙草を吹かしていた。目はきっちりドアを、ドアが開けられた今は大志郎を見ている。

大志郎は名刺を出した。

「『週刊ヴァーチャル』の犬飼といいます」

名刺を渡そうとするが、渋川監督は受け取ろうとしない。仕方なく大志郎は名刺を脇のテーブルに置いた。その間、渋川徳治郎は一言も口を利かない。

（この人物には単刀直入に当たるしかない）

大志郎はそう思い定めた。

「五度目の優勝が間近ですね」

渋川監督は、湘南ドルフィンの前身であるフジイ工業時代に二度天皇杯を制し、チェリオ大阪の前身であるワンダー時代に二度、ＪＳＬカップに優勝している。

だが、不思議と年間を通したリーグ優勝には縁がない。

「やっぱり、大きかったですか？　東京スターボウから安東と山野井が抜けたことは」

大志郎は恐る恐る尋ねている。

「関係ない」

ようやく渋川監督が言葉を発した。吐き捨てるような言葉だった。

「あの二人とは今でもつきあいはあったんですか？」

「ない」

渋川監督の答えは素《そ》っ気《け》ない。

（最近はパソコンでももう少し愛想がいいのに）

大志郎はおかしくなった。

「安東と山野井が今でも東京スターボウにいたら、レッズの逆転はあり得ましたか？」

限られた時間の中では相手を怒らせてみるのも有効だ。大志郎は星野から教わった取材のテクニックを応用している。

「当たり前だ。生身の人間がコンピュータに負けるわけにはいかん」

渋川監督にしてはかなり長いセリフだな、と大志郎は思う。

「東京スターボウの新崎監督をどう思いますか？」

「奴は馬鹿だ」

これはオフレコだ、と大志郎は思った。だが星野テクニックをもう少し押し進めてみよう。

「確率という点では新崎監督の采配にミスはありませんよ」

「じゃあなぜ三位に甘んじている」

「それは」

「安東と山野井が抜けたからと言いたいのか？」

「それは大きいでしょうね」

「人間なら、そういう事態にも対処できるものだ」

監督の目に鈍い光が宿った。

「東京スターボウに優勝させるわけにはいかん！」

監督が大声を出した。

「コンピュータに采配を振るわせるなどサッカーに対する冒瀆《ぼうとく》だ」

「あなたにはそれが許せなかったんですね?」

「許せん。だがわしが手を下すまでもなかった。安東と山野井の二人には、天の裁きが下ったのだ」

誘導尋問には引っかからなかったか。大志郎は話の矛先を転じることにした。

「あなたはそれほどまでしてリーグ優勝したいんですか?」

「わしは何もしておらん。天の裁きだと言っただろう」

「リーグ優勝の成算は?」

「くだらん質問をするな」

「静岡フェニックスでマークする選手は?」

今までの中でも最もくだらない質問だ。だがしなくてはならない。いま浦和レッズを最も脅かす存在は、マリノス、スターボウから静岡フェニックスに変わりつつある。

「福井だ」

渋川監督は冷静な声で静岡フェニックスのフォワードの名をあげた。

(怒鳴られなかったのがかえって不思議だな)

大志郎がそう思ったとき、背後でドアの開く気配がした。振り向くと目のパッチリとした若い女性が立っている。

「あらお客さん？」

女性は渋川監督に親しげに尋ねた。

(誰だろう？)

大志郎は女性を見つめた。

「かまわん。もう帰るところだ」

壁の時計を見ると、約束の十分はとうに過ぎていた。

「週刊誌の記者の犬飼です」

大志郎は女性に名刺を渡した。

「渋川の娘の萌《もえ》です」

萌は甘ったるい声で名乗ると頭を下げた。

(監督の娘だったのか)

大志郎は改めて萌を見つめる。

(この顔、どこかで見たような気がする)

どこだったただろうか。

「何か？」

萌が大志郎に尋ねた。

「どこかでお会いしませんでしたか？」

「さあ」

萌も大志郎を見つめ返す。

「覚えていませんけど？」

萌は、笑みを浮かべながら答えた。

「もう約束の時間は過ぎた筈だぞ」

渋川監督の声が飛ぶ。

「すみません」

大志郎は目礼をして監督室を出た。そのままスタジアムの観客席に足を向ける。両チームのサポーターたちがもう席を取っている。

大志郎は通路から観客席を眺めた。渋川萌のことを考える。

（どこかで見た筈だが）

グラウンドでは選手たちが練習をしている。

（そうか）

思いだした。

渋川萌は安東大吾のチーム葬に来ていたのだ。

（別におかしなことではないか）

だが、大志郎にはそれが何か意味のあることに思えて仕方がなかった。

## 7

『週刊ヴァーチャル』の編集会議が行われている。

といっても出席者は四人だけだ。

社長の星野仙夢。社員は社歴順に犬飼大志郎、小板橋圭、黒木典絵。

四人が長テーブルに向かい合って坐っている。同じフロアの離れたテーブルには、経理兼事務の沢シゲ子が坐って電卓を叩いている。

「事件はますます混沌としてきた」

星野が口を開く。

「安東ばかりか、チームメイトの山野井まで死んでしまった。しかもその死が謎めいている」

三人は頷く。

「どちらも自殺に見えるが、その自殺の仕方が変わってる」

「安東は楠正成像に跨って爆死、山野井は部屋の内部から錠に粘土を被せてボウガンで自殺か」

大志郎が言った。

「そうだ。しかも山野井の部屋には、ダイイング・メッセージまであった」

すでに警察は〝70才〟という文字の存在を公表している。

「一概に自殺と断定できない状況ともいえるな」

「それはどうかなあ」

小板橋が言った。

「ダイイング・メッセージって言ったって、部屋には鍵がかかっていたわけでしょう？」

「そうだ」

「だったら普通に考えて、他殺の訳はないでしょう」

「もちろんそうだよ。だがな、それを言ったら普通は銅像に跨っては死なないものだし、ダイイング・メッセージなども普通は残さないものだろう」

「だからあの文字はダイイング・メッセージじゃないんですよ」

「何だというんだ？」

「それは判らないけど」

「仮説はあるか？」

星野は大志郎に訊いた。

「まず渋川監督の年齢を表わしているという説」

「渋川監督は七十歳だからな」

「ええ。ほかには、704号室を表わしているという説」

大志郎は典絵を見た。典絵も大志郎を見ていた。

「つまり704号室と書こうとして力尽きて、70才に見えてしまった」

「静岡フェニックスの福井が安東と同じマンションの704号室だったな」

みなは頷いた。

「だけど、それはみんな推測の域を出ないわけでしょ。山野井の残したダイイング・メッセージのようなものが704号室を表わしてたなんて、ホントかどうか確かめようがない」

小板橋の言葉に星野は頷く。

「いずれにしろ、まだ誰も真相を掴んでねえことは確かだ」

星野は大志郎に顔を向けた。

「我々はどの辺りまで真相に近づいてるんだ?」

大志郎は心持ち顔を上げる。

「警視庁の太田黒って刑事に情報は随時もらっていますよ。これは新聞記者へのリークよりも精度の高い情報です」

「どうしてそんな事ができたんです?」

小板橋が大志郎に尋ねる。

「あたしたちが気づいたんです。安東さんの部屋にも山野井さんの部屋にも同じ雑誌が置いてあったことを」

「『亜空間通信』ですか」

「ええ。でもまだ公表はできません。太田黒さんと約束してしまったんです。その代わり、提供できる情報は教えてもらってるんです」

「『亜空間通信』は〈女神の御霊〉の機関誌だな？」

「はい」

「とても偶然とは思えねえな」

「そうですか？」

星野の言葉に小板橋が質問で返す。

「当たり前だろう。二人の人間が、自殺だか他殺だか判然としない状況で死亡した。その二人はチームメイトであり、かつスター選手だった。これだけでもかなり特殊だぞ。しかもその二人が同じ新興宗教に入信していたとなると」

「よくは判らないが、方向性が見えてくる」

「そうだ」

星野はみなを見回す。

「福井幹夫と〈女神の御霊〉。どちらにも取材をかけなきゃならねえな」

「あたしは福井さんに取材します」

典絵が即座に立候補した。

「そうだな。サッカー関係者には黒木が行くのがいいだろう。ということは、必然的に犬飼、お前は〈女神の御霊〉に行け」

大志郎は返事をせずに溜息をついた。

「社長。僕は？」

「『週刊ヴァーチャル』は今回の事件だけを追っているわけにはいかねえんだよ。小板橋にはその他の記事をやってもらわんとな」

星野の言葉に、小板橋は肩をすくめただけだった。

⚽

浦和レッズは初優勝に向けて高い勝率を維持していたが、それ以上に静岡フェニックスの快進撃が目立っていた。これは主にＦＷの福井の活躍によるところが大きい。ＦＣ東京戦でのハットトリックを手始めに、十試合で九得点と、死亡した山野井と並んで得点王争いの同点トップに躍り出た。

静岡フェニックスは、ついに勝ち点で浦和レッズに一と迫った。もはやどちらが優勝するか、まったく判らなくなった。

一位　浦和レッズ　　　　　（十一勝二敗一分）
二位　静岡フェニックス　　（十勝一敗三分）
三位　横浜F・マリノス　　（九勝四敗一分）
四位　東京スターボウ　　　（九勝四敗一分）
五位　鹿島アントラーズ　　（七勝四敗三分）

山野井の死体を発見してショックを受けている筈の福井の大躍進。これは世間ではショックを発憤材料にしたと解釈されていた。

今日は試合はない。典絵は取材のために福井幹夫の家を訪ねた。福井は静岡フェニックスのホームスタジアム、駿河スタジアム近くに一軒家を購入しているが、東京にもマンションを持っている。安東と同じ、世田谷区深沢のマンションである。

インタフォンで来意を告げると、エントランスドアが開き、典絵はエレベーターに乗る。福井の部屋に着いて今度は部屋のチャイムを鳴らすと、ドアが開いた。福井は紫色のスラックスに赤いシャツという服装で典絵を迎えた。

大きな耳とギョロリとした丸い目はかなり特徴的な顔つきといえる。だがそこに可愛げを見いだす女性ファンもかなりいるらしい。

「これはこれは」

福井は笑みさえ浮かべて典絵を迎え入れた。

身長百八十センチ、体重七十キロと、Jリーガーとしては痩せた部類に入るだろう。だが、鞭のようにしなる右脚から放たれるシュートが、他チームのキーパーたちをキリキリ舞いさせているのだ。その足さばきは、かつての金田喜稔《のぶとし》のタコ足ドリブルを彷彿《ほうふつ》とさせた。

福井に典絵を応接間に通すと、いったんキッチンに消え、ビールを注いだグラスを二つ手に持って再び現われた。

一つを典絵に渡す。

「乾杯しようよ」

福井は甲高い声で言った。

「フェニックスの優勝にですか？」

「もちろんだ」

「乾杯」

典絵はいきなりそう言うと、立ったまま福井のグラスに自分のグラスを合わせた。

そのまま一気に飲み乾す。

「いい飲みっぷりだな」

典絵はソファに坐って空になったグラスをテーブルに置くと、バッグからノートを取り出す。

ミニスカートから形のよい脚を潔く露出する。

「安東や山野井が惚れるのも無理はないね」

そう言いながら福井は典絵の正面に坐る。

ソファが低く、福井の背が高いので、見上げるような格好になる。

福井の背後に写真パネルが見える。

Jリーグに入ってからの福井のシュートフォームである。写真からも福井の驚異的な右脚のしなりが判る。

「フェニックスのユニフォームって格好いいですね」

フェニックスのユニフォームはアメリカのデザイナーがデザインしたもので、全体的に黒を基調としている。

「似合わない奴もいるよ。特に首筋の黒い線はセンスがないと着こなせないね」

パネルの向かって右横には大型の液晶テレビが壁に設置されている。

(これは完全なホームシアターだわ)

その下方にはビデオラックが置かれていて、夥《おびただ》しい数のビデオテープが並んでいる。背中のラベルにはただ日付と番号が記入されているだけだ。

さらにDVDの数も半端ではない。

また、ビデオゲームのハードとソフトもビデオテープに負けないぐらいの数が置かれている。

「ビデオゲームが好きなんですか？」

典絵は福井に尋ねた。

「どうかな。特に好きというほどでもないと思うな」

「サッカーゲームなんかします？」

「よしてくれよ。サッカーゲームなんて本物のサッカーの次に嫌いだよ」

「サッカーが嫌いなんですか？」

典絵は驚いた。

「当たり前さ。サッカーなんてしょせん子どもの遊びだよ。それを大の大人がやってどうするんだ」

「福井さんだってやってるじゃありませんか」

「金になるからさ」

福井は典絵の白いブラウスの胸の辺りを無遠慮に見つめている。化粧気のない典絵だが、胸の豊かさはブラウスの上からも判る。典絵は襟元を正した。

「山野井さんとは親しかったんですか？」

質問を開始する。

「別に」

「でも福井さんは山野井さんの死体の第一発見者だったんですよね」

「それは渋川監督のお嬢さんの誕生パーティの打合わせに行った訳だ。それでたまたま発見した。このことは何度もレポーターに話したぜ」

「それってかなり親しいように思えますけど」

「パーティの出席者自体が十人だけだよ。ごく内輪のパーティだったんだ。その中に僕の親しい人間なんて誰もいないよ」

「渋川監督のお嬢さんとは？」

「彼女とは」

福井は言葉を切った。

「親しいさ」

福井は笑みを浮かべた。

「悪いか？　渋川監督はぼくの高校の大先輩だ」

山梨県の甲府学院。

渋川徳治郎と福井幹夫は先輩後輩の関係があり、二人は所属チームを離れて個人的なつきあいがある。だから典絵も『７０才』の取材で福井を訪ねたことが何度かあるのだ。

「山野井さんのことですけど」

福井の大きな耳が動いたような気が典絵はした。

「ショックだったでしょうね。死体を発見したときは」

福井はビールを一口飲んで、唇についた泡を舌でなめ取った。

「そのあと珍しく試合でも小さなミスが続きましたものね」

トラップミスや、パスミス、シュートミス。中にはペナルティキックのミスもあった。だがその後、福井は驚異的な回復を見せた。

「山野井さんが自殺した原因は何かしら」

「さあね。ぼくはそれほど奴と親しかった訳じゃない」

「でも、山野井さんの部屋の鍵を持ってらした」

「あの日だけ借りたんだよ。『留守だったら先に入っていてくれ』って言われて」

「じゃあ安東さんの死についてはどうですか」

「安東？」

「ええ。親しかったんでしょ。安東さんとは」

「同じマンションってだけだよ。それ以上のつきあいはないね」

「安東さんの殺害理由が判れば、山野井さんの殺害理由も判るような気がするんです」

「ねえ」

福井が身を乗り出した。

「そんなことは警察に任せておけばいいじゃないか。ぼくたちはもっと楽しいことをしないか?」

「でも」

「それほど言うんだったら、安東と山野井の秘密を教えてやってもいいよ」

福井は典絵を見てニヤニヤと笑っている。

「秘密?」

「ああ。ぼくは二人の大変な秘密を知ってるんだ」

「教えてください」

典絵は即座に言った。

「いいよ。その代わり君のバストのサイズを教えてくれ」

「え?」

「秘密だって言いたいの? だけどこっちだって秘密を打ち明けるんだ。それぐらい教えてくれたっていいだろ?」

「でも、関係ありません。それとこれとは」

「じゃあいい。帰ってくれ」

典絵は福井を睨みつけた。

「安東と山野井の二人から絶対に言わないでくれって口止めされてたんだ。もしかしたら二人の死に関係があるのかもしれないな」

「どんな秘密ですか」

「君の秘密が先だ」

福井はサッカーコートで見せる不敵な笑みを典絵に向けた。

典絵はしばらく福井を睨みつけていた。

「君なら二人の死の謎を解き明かせるかもしれないぜ」

福井は典絵を見つめ返す。

「さあ。教えるんだ。秘密を知りたかったら、自分の秘密だって教えなけりゃならない。自分だけ秘密を知ろうってのは虫が良すぎるぜ」

福井はまだ笑っている。

「君はジャーナリストなんだろ。情報をみすみす見逃すのか？」

典絵は観念したように視線を落とした。

「バストのサイズは？」

典絵は黙っている。

「どうした？」

「八六」

小さな声で答える。

「ウェストは？」

「それは関係ないでしょ」

「いいだろう？　どうってことない。人の死の秘密を聞き出すんだ。自分のスリーサイズぐらいいいじゃないか。タレントはみんな公表してるぜ」

典絵は感情を押し殺すように溜息をついた。

「五八」

「ヒップは？」

「八六」

福井は短く口笛を吹いた。

「約束です。二人についての秘密を教えてください」

典絵は怒りのためか真っ赤になった顔で言った。

「〈女神の御霊〉って知ってるか？」

「ええ。二人がそこの信者だったって話ですか？」

「なんだ、知ってたのか」

「知ってます。福井さんはどうしてそのことを知ってるんですか？」

「誘われたのさ」

「誘われた？」

「ああ」

「誰にです？」

「二人にさ」

「二人のうちのどちらにですか？」

「銀座のバーでたまたま三人一緒になったことがあった。その時に、店を変えて個室のバーに連れて行かれた」

「じゃあ、安東さんと山野井さん、一緒に福井さんを誘ったんですか」

「そうだよ。言っただろ。二人に誘われたんだって」

典絵は頷いた。

「どうして福井さんを誘ったのかしら」

「サッカーがうまくなるからってな」

福井は肩をすくめた。

「もちろん断わったよ。そうまでしてうまくなろうとは思わないからね」

福井は背中のビデオラックを振り向いた。

「〈女神の御霊〉の内部を見たくないか？」

「あるんですか？」

「ああ。ビデオを持ってる」

〈女神の御霊〉は秘密主義の教団だから、貴重な映像にちがいない。

「どうしてそんなビデオを持ってるんですか」

「宣伝用のを安東から借りてたんだ。もう返せなくなっちまっただろ」

「見せてください」

福井はビデオラックから一本のテープを取り出すとデッキに差しこんだ。リモコンを手にして典絵の隣に坐る。

「いいか。短いからよく見るんだ」

「はい」

典絵は壁に掛かった大型の液晶画面を凝視する。

福井はニヤニヤと笑いながらリモコンのスイッチを押して画面をオンにする。

画面に文字が浮かび上がる。福井はいったん停止を押して、次に早送りをする。充分テープが進んだと思われるところで再生を押す。

液晶画面に若い女性の顔がアップで映し出される。女性は何かをくわえて一生懸命、顔を動かしている。

典絵は画面を凝視した。

（あ！）

女性がくわえていたのは男根だった。

「これは……」

福井が笑い出した。

「帰ります」

典絵は立ち上がった。

「待てよ」

福井が典絵の腕を摑んでソファに連れ戻した。

「君は自分がどれほど強烈なフェロモンを発しているのか判ってるのか?」

画面では男女が身体を入れ替え、挿入が開始されている。

「見ろよ」

福井が顎で画面を指し示す。

「俺たちも同じことをするんだ」

福井が典絵をソファに押し倒す。

「いや」

典絵はもがいたが、福井の力に押さえこまれ、逃れることができない。

チャイムが鳴った。福井の力が弱くなる。典絵は瞬時に福井を押しのけ、インタフォンに飛びついた。

――はい。

必死にインタフォンの向こう側の人間に呼びかける。

――犬飼という者ですが。

――犬飼さん！

――少しおそかったかな？

典絵はインタフォン脇に設置されているボタンを押して、共同玄関の電子ドアロックを解除した。福井を振り返る。

「わたしの会社の者です。今ここに来ます」

典絵は福井を睨みつけた。

「なんだよ恐い顔をして。冗談を本気にするなよ」

福井は笑いながらビデオを停止した。


地下鉄虎ノ門駅で降りて、官庁街とは逆の方向に七、八分も歩くとピンク色の外壁のビルが見えてくる。ベテル日比谷である。七階建てのビル全体が〈女神の御霊〉の本部になっている。

岩間は受付で入信の意を告げた。

「紹介者の名前をお教えください」

受付の女性が岩間に尋ねた。

「山野井昌彦です」

あらかじめ考えてきた名前である。

受付の女性は躊躇《ちゅうちょ》した様子だったが、ブースに備えつけられたパソコンを操作すると、

社内電話で担当者を呼びだした。

やがてグレーのスーツを着た女性がやってきた。どう見ても男性用のスーツだ。その服装

を岩間は奇異に感じた。

「こちらへ」

スーツの女性は岩間の名を尋ねることもなく岩間を案内し始めた。岩間は慌ててスーツの

女性の後をついていく。同じ一階の殺風景な部屋に案内されると、女性は出ていった。

岩間は椅子に一人で坐らせられた。

何の変哲もない木目のテーブルと椅子があるだけの部屋だ。

しばらくすると白い修行僧のような衣服を身につけた体格のよいスポーツ刈りの男が入っ

てきた。

男は笑っている。

男の顔を見て岩間は驚いた。見慣れぬ衣装のせいですぐには気づかなかったが、徐々にその男が警察官の先輩であることが判ってきたからだ。

男は岩間の視線に気がついた。

「何か?」

「い、いえ」

岩間は心をむりやり落ち着かせる。

(自分が刑事であることを気づかれることはない筈だ)

自分が相手を一方的に知っているだけであって、相手の方は自分を知るわけがない。相手の男とは、去年の全日本剣道選手権で準優勝した勝田登志雄だったのだ。

「山野井さんの紹介だそうですね」

自己紹介が済むと勝田が尋ねてきた。

「はい」

岩間は返事をする。

「紹介というより、こういう会があるよと、チラッと聞いていたものですから」

「そうですか。山野井さんとはどちらで?」

「酒の席でぐうぜん知り合ったんです。たまたま僕が東京スターボウのファンだったんで話が盛り上がりました」

心なしか勝田の笑みが薄くなったような気がする。

「なぜこの会に入ろうと思ったのですか？」

「剣道が強くなりたいんです」

少し早く答えすぎたかな、と岩間は思った。

「ここで修行をするとスポーツがうまくなると山野井さんに聞いたものですから」

「剣道をおやりですか？」

「ええ」

「私もなんですよ」

「知っています」

正直に答えた。勝田の笑みは再び強くなった。

「去年、剣道大会に出ていましたよね」

「見たんですか」

「ええ。当然です。ぼくも剣道をやってるんですから」

勝田は深く頷いた。

「山野井は残念なことをしました」

「ええ」

「彼も私と同じ十二使徒の一人なんですよ」

「十二使徒？」

「教祖直属の十二人の弟子です。安東もその一人でした」

「安東さんも……」

「高い徳を積まないと十二使徒にはなれません」

「山野井さんや安東さんは、かなり高い徳を積まれたんですか？」

「もちろん、そうです」

その徳が具体的にどういうものなのか、岩間には判らなかった。

「〈女神の御霊〉の目的は、霊体を浄化することにあります」

勝田は背筋をピンと伸ばしたまま喋っている。

「人間の本質は霊体です。しかしこの霊体に邪悪な因子が取りついている人が実に多い。いえ、むしろほとんど総ての人間の霊体は汚されているといってもいいでしょう」

勝田の顔から笑みが消えている。

「しかし、三珠《みたま》を磨くことによって邪悪な因子を取り払うことができるのです」

「ミタマ？」

「視力、体力、判断力です。この三つを三珠といいます」

「視力、ですか」

「おかしいですか？」

「い、いえ」

「視力、体力、判断力。この三つは大事なのですよ」

いずれもスポーツには大事な要素であることは確かだ。

「スポーツの成績がよくなるというのは本当なんですね？」

「誤解してはいけません」

勝田はピシリと言った。

「〈女神の御霊〉の目的は霊体の浄化です。スポーツ技術が上達するのはあくまで副次的な効果に過ぎないのです」

岩間は頷いた。

「でも、山野井さんや安東さんの成績が飛躍的に伸びたのは、ここに入信したからではないのですか？」

「肉体的な技術の向上は我々の目的とは本来関係ありません」

勝田の受答えは徐々に機械的な響きを帯びてくる。

岩間は少し落胆した様子を装いながら次の言葉を探した。

「熊野御堂さんには会えますか？」

勝田の答えを待つ。今日の最大の目的だ。

「会えますよ」

勝田はあっさりと答えた。

「うちの会に入信が許されるかどうかは熊野御堂教祖の判断ですから、これから会ってもらいます」

「これから?」

「不都合ですか?」

「い、いえ」

「早い方がいいでしょう」

「もちろん、そうですね」

答えながら岩間は緊張した。

熊野御堂幻花──本名、田中佳子。山野井、安東殺しのホンボシだと睨んでいる。

「では案内します。七階の御霊の部屋へ」

勝田のことも調べあげなければいけないぞ、と岩間は思う。普段の勤務態度に不審な点がないかどうか……。

勝田は立ちあがりドアを開け岩間を促した。並んで歩くと身長がかなりちがう。

二台のエレベーター機を通り過ぎて通路を一回曲がると、突き当たりにもう一台エレベーターがあった。勝田が一つだけあるボタンを押す。階数表示のランプはない。エレベーターがいま現在何階にあるのか判らないのは実に不便だと岩間は思う。

かなり長く感じられた時間の後に、エレベーターのドアが開いた。乗りこむと、上昇速度は速かった。あっという間に七階に着いた。勝田に促されて岩間が先に降りる。

一階では白かった壁がピンク色に変わっている。左にいくつか部屋があるようだが、勝田は右に向かった。角を一つ曲がると、二本の稲光《いなびかり》のマークが一面に施されたドアが見えた。ナチスの重ね稲妻《ダブル・ライトニング》のようだなと岩間は思った。

「幻花《まやか》様。入信希望者の岩間信一をお連れしました」

ドアの横に取りつけられたインタフォンのボタンを押しながら勝田が告げる。

「中へ」

張りのある女性の声がインタフォンを通じて聞こえてきた。事前調査で幻花の年齢は四十三歳と判っているのだが、それよりずっと若い声に聞こえる。

勝田がドアを開けて岩間を中へ押しこむと自分は入らずにドアを閉めた。部屋に入ると様々な情報が岩間の目に飛びこんできた。日本神話の登場人物たちを描いたらしい壁画、奥に設《しつら》えられた豪華なベッド、世界各国から集めたらしい数々の置物……。だがその中で最も岩間の目を捉えたものは熊野御堂幻花本人だった。

身体にピッタリとフィットした、黄色と黒のストライプのミニワンピース。ショートヘアの頭にはアラビアの王女のようなヘアリングをはめている。不敵な笑みを湛えた細い目に岩間は射竦《いすく》められた。

「お名前は？」

大きくよく通る声で幻花が訊いた。

「い、岩間信一です」

うわずった声で岩間が答える。

（しっかりしろ。ぼくは刑事なんだぞ）

幻花は全体がクッションでできたような椅子に足を組んで坐っている。

「ご職業は？」

「会社員です。広告代理店に勤めています」

太田黒と打合わせ済みの職業を岩間は答えた。太田黒と懇意にしている実在する会社の名刺も懐に忍ばせている。

「あなたの悩みは？」

「は、はあ」

髪の生え際《はえぎわ》にびっしりと汗をかいているのを岩間は感じてハンカチで拭った。

「剣道がうまくなりたいと思いまして」

「そういうことではなくて、もっと内面的な、奥の深い悩みがありそうね、あなたには」

幻花にそう言われると岩間は何となく自分が迷える子羊になったような気がした。

「あなた視力は？」

「右が一・二。左が一・五です」

「二・〇まで高めないとダメね」

「二・〇？」

「そう。それに体力と判断力も。だいじょうぶ。剣道はうまくなるわ」

幻花は立ち上がった。意外に小柄な女性であることが判る。

「まず、イナリを買ってください」

「イナリ？」

「そう。漢字で伊奈利と書きます」

幻花はテーブルの上の札を見せた。

「イナリとは古代イスラム語で〝大いなる光〟という意味です」

幻花は壁際に陳列されているオブジェの中から一つを取り出した。

岩間はハッとした。それは弓矢――ボウガンだった。しかも山野井の額に撃ちこまれた矢と弓と同じものであるように見える。

「これがイナリです」

「その弓矢は、信者は全員、持ってるんですか？」

幻花は岩間を見つめた。

「あの」

「そうです」

幻花が答えた。

「これを持っていることが信者の証《あかし》なのです」

「では、ぼくは」

「入会を許可されました。イナリの値段は十万円です。購入するお金があるのでしたら、どうぞ我が教団にお入りください」

その金は捜査費用として認められるのだろうか？

岩間は太田黒の仏頂面を思い浮かべた。

二人で食事を済ませた後、犬飼大志郎は黒木典絵の住居を初めて訪れた。

豊島区要町の住宅街にある小綺麗な、まるで軽井沢のペンションのような造りの建物だ。

近くにはヤクルトスワローズのオーナーの邸宅もあると聞いた。

部屋の中に入ると、典絵が冷蔵庫からモルツを出してきた。

「福井というのはとんでもない男だったな」

典絵から一部始終を聞いたところだ。

「君は福井犯人説を強めたんじゃないのか？」

「何とも言えないわ」

「楠正成の銅像に跨らせて爆殺するなんて、福井のような変態の仕業《しわざ》と考えられなくもない」

「でも逆に、犯行現場を密室に細工する知性は感じられなかったわ」

「知性か。君はひょっとしてそれを確かめたかったのか？」

「それもあるわ」

男と女の関係になってから典絵の口調に親しみがましてきたようだと大志郎は感じた。

「二対〇で負けてるようなものね、あたしたち」

「二対〇？」

「そうよ。犯人は安東さんと山野井さん、二人を殺害している。それに対してあたしたちは何の反撃もできないでいる」

「なるほど。犯人の目星も、動機も、何も判らないんだからな。安東がどうして銅像によじ登ったか。山野井の部屋の鍵はなぜ粘土で固められていたのか」

「こんな不思議を演出するなんて、犯人は相当なファンタジスタね」

ファンタジスタとは、創造性豊かなインスピレーションと卓越したテクニックを持つサッカー選手を指す。

「犯人はどうして二人を殺さなければならなかったのか。それが一番の問題だと思うの」

「動機だな」

「ええ」

犯人はあと何人殺すつもりだろう。

（渋川監督が犯人だとすれば……）

今度は静岡フェニックスの主力選手が殺される可能性もある。浦和レッズが優勝するためには、静岡フェニックスが最大の障壁になったのだ。大志郎はそう思った。

（しかし、こっちだってやられてばかりもいられない）

犯人との試合はさしずめ前半戦が終わったといったところだろう。後半戦が始まったらすぐに反撃に転じなければ……。

「案外、原点に帰る必要があるのかもしれないわ」

典絵が言った。

「原点？」

「ええ。いちばん最初の動機」

「ちょっと待て。田中陽一のことを言ってるのか？」

典絵は頷いた。

「よしてくれ。やつにはアリバイがある。犯行時刻には田中は二十分離れた場所にいたんだ」

「でもリモコンだから操作できるわ」

「離れた場所にいたら、安東が銅像に登ったことをどうやって確認するんだ？」

「あらかじめ時間を示し合わせておくとか」

「安東がその時間を守らない可能性だってある訳だろう？」

「そうね。でも問題はそんな事じゃないの。田中さんのアリバイって、結局、自分がそう言ってるだけなんでしょ？」

大志郎は言葉に詰まった。典絵の言うとおりだった。

田中陽一が犯行時刻に、犯行現場から離れた場所にいたことを証言したのは、たしかに田中だけなのだ。山野井と安東祥子がその時刻に東京ドーム付近を歩いていることが判れば傍証にはなるが、山野井はいまは亡く、祥子がそんな証言をするとは思えない。

大志郎の携帯電話の着信音が鳴った。ベッドに入る前には電源を切っておかなくちゃいけないぞ、と大志郎は思う。

——犬飼です。

——おう。

太田黒の声だ。

――いいことを教えてやろう。

――犯人が判ったのか？

――判った。

大志郎は携帯電話を外し「犯人が判ったそうだ」と典絵に告げた。典絵は冷静に聞いている。

――誰なんだ？

――目のパッチリした女性さ。

――目のパッチリ？

――本当は前から判ってたんだがな。公表していいことになった。楠公像が爆発した後で目のパッチリした女性がリモコンを放り投げたのを見た人間がいるんだ。

電話が唐突に切れた。おそらく公衆電話からだろう。

大志郎は太田黒との電話の内容を典絵に告げた。

「目のパッチリした女性か」

「田中が犯人じゃないってハッキリしただろ？」

「そうね。ごめんなさい」

典絵は素直に謝った。

「でも、目のパッチリした女性って、犬飼さん、心当たりあります？」

「ないこともないぜ」

「え」

典絵がおどろいたような声を出す。

「だれなの？」

大志郎は言いよどんでいる。

「重大な証言よね。でもみんな自分の決めた容疑者を変える必要はないのかもしれない。だって、その容疑者に共犯者がいたって考えればいいんだもの」

大志郎の考えも、典絵と同じだった。渋川監督には、渋川萌という目のパッチリした娘がいるではないか。

ワールドカップ・ドイツ大会のアジア一次予選、最終戦を戦うための代表メンバー、二十一名が次のように発表された。

GK　楢崎正剛（名古屋）、川口能活（FCノアシェラン／デンマーク）、土肥洋一（FC東京）

DF　宮本恒靖（G大阪）、坪井慶介（浦和）、中沢佑二（横浜）、三都主（浦和）、山田暢久（浦和）、茂庭照幸（FC東京）

MF　中田英寿（ボローニャ／イタリア）、中村俊輔（レッジーナ／イタリア）、小野伸二（フェイエノールト／オランダ）、稲本潤一（フラム／イングランド）、小笠原満男（鹿島）、遠藤保仁（G大阪）、石川直宏（FC東京）

FW　高原直泰（ハンブルガーSV／ドイツ）、柳沢敦（サンプドリア／イタリア）、久保竜彦（横浜）、鈴木隆行（ヒューステン・ゾルダー／ベルギー）、福井幹夫（静岡）

さらにジーコ監督は、初戦の先発メンバーの構想を次のように発表した。

GK　楢崎正剛（名古屋）
DF　坪井慶介（浦和）、宮本恒靖（G大阪）、中沢佑二（横浜）
MF　中田英寿（ボローニャ）、小野伸二（フェイエノールト）、中村俊輔（レッジーナ）、稲本潤一（フラム）
FW　高原直泰（ハンブルガーSV）、柳沢敦（サンプドリア）、鈴木隆行（ヒュースデン・ゾルダー）

3—4—3の布陣である。

小野と稲本がボランチを務め、中田と中村の二人が攻撃の起点となる布陣。

日本はすでに予選C組一位をほぼ決めている。

ジーコ構想が発表された日、大志郎と典絵は〈ボランチ〉に来ていた。二人が店に着いたときにはすでに太田黒がいて水割りを飲んでいた。

「どう思います？　A代表メンバー」

マスターが典絵に話しかけてきた。

「山瀬と田中達也が落ちたのは残念」

「そうですねえ。黒木さんはレッズファンですものね」

「でも、おおむね妥当な選択じゃないかしら。ミッドフィルダーの人選も問題ないでしょう」

「松井大輔や森崎兄弟も選ばれてほしかったけど」

双子の兄弟。

「三人とも実力者だから。あと、石川や茂庭の若手が入ったのもうれしいけど、鈴木啓太や今野は落ちたわね」

「まだ時期尚早でしょう。彼らにはまだまだチャンスはあります」

「そうね。東京ヴェルディの玉乃淳も好きなんだけど、彼らも若すぎるし」

「フォワードはどうです？」

「いいと思うわ。でも他の選手も見てみたいわ」

「たとえば誰？」

「高松や世界ユースで得点王になった坂田大輔」

「たしかに」

マスターは頷いた。

「先発メンバーはどうです？」

「おもしろいわね。特に3トップにしたのが。柳沢はゴールエリア内でも躊躇なくパスを出せるから」

たとえば久保や大久保なら、パスするよりは無理な体勢でも自分で打とうとするだろう。

「たしかに柳沢は遠慮深いところがありますね。自分のゴールより、チームのゴールを優先するというのが彼の信条でもありますし」

「でも、崔《チェ》みたいに、何が何でも自分が決めるんだっていう強引さ、わがままさがフォワードには必要なことも確か」

「そういう強引さはないだけに、ちょっと心配ですね。欧州では」

「柳沢の小学校時代の全国大会のビデオを見たことがあるけど、ずば抜けてうまかったわ。周りの子たちをドリブルでどんどん抜いて」

「へえ。そうなんですか」

「そのテクニックを欧州でも発揮してほしいわね」

マスターが頷いた。

「いよいよワールドカップか」

大志郎が言った。

「大いなる戦いの始まりだな」

「ああ。安東や山野井も今ごろ戦っているだろうぜ」

太田黒が言う。

「戦う。何のことだ」

「これさ」

太田黒は小冊子をカウンターの上に出した。大志郎と典絵は上から覗き見る。

――『亜空間通信』。

「創刊号から集めたぜ」

「刑事さんがか？」

「ああ」

「たいしたものだな」

「警察を甘く見てもらっちゃ困る」

大志郎はその小冊子を手に取り、典絵にも見えるように広げた。

『神々との決戦』という文字が目についた。

次にサッカーのスターティングメンバー表らしきものが書きこまれている。だがその表に書きこまれている選手の名前は、日本神話の神々の名だった。

【神軍】

監督　天《あめ》の御中主《みなかぬし》

GK　オオクニヌシ
DF　アマテラス、カミムスビ、ニニギ、アメノオシホミミ
MF　イザナギ、イザナミ、ツクヨミ、タカミムスビ
FW　スサノオ、神武

【倭軍《やまと》】

未定

「なんだこれは」
「熊野御堂幻花によれば、人間対神々の決戦の時が近づいているっちゅうこった」
「ますます判らないな」
「鈍いな」
「俺は新興宗教には疎《うと》くてね」
「熊野御堂幻花によれば、この世は腐敗しきってるそうだ」
「熊野御堂幻花じゃなくたってそう思ってるだろうぜ」

「まあ聞けよ若いの。腐敗しきった現世に神々の怒りが爆発したと思いねえ」

「思いたくないな」

「いいから聞け。このままでは怒った神々にこの世は滅ぼされる。それを食い止めるには、神々との戦いに人間が勝たなくてはいかん」

「そのことが亜空間通信に書いてあるのか？」

「ああ。幻花の神言として載ってる」

「で？」

「われわれ人間と、神々との間でサッカーの試合が始まるのさ」

「よく判らんな。なんで人間と神がサッカーの試合をするんだ？」

「知るか。お前さんは大量殺戮《さつりく》をしたカルト教団の主張を理解できるのか？」

「いや」

「それと同じだろう。やつらは狂ってるんだ。女神の御霊もな。俺たちには理解できなくて当然だ」

「だけど、それと今回の事件とどういう関係があるんだ？」

「『亜空間通信』にこういう詩が載っている。もちろん幻花の神言だ」

太田黒はカウンターの上に、付箋を貼った『亜空間通信』を広げた。

そこに次のような短い詩が載っている。

『神々との決戦』

熊野御堂幻花

第一の戦士はペガサスに乗って戦地へ赴く、
第二の戦士は矢を放つ
第三の戦士は羽ばたく
征《ゆ》け
現世《うつしょ》の戦士たちよ
神々との決戦に備えよ
人類の歴史を守るのはお前たちなのだ

大志郎は読み終えた。

「これがどうした」

太田黒は大志郎の問いに答えずに典絵を見た。

「まさか……」

典絵がつぶやくと、太田黒は頷いた。

「第一の戦士はペガサスに乗って戦地に赴く。これは安東が楠公像に跨って爆死したことを指しているんですよ」

「じゃあ、第二の戦士は矢を放つというのは」

「そうです。ボウガンによる山野井の死を指しています」

太田黒はニヤリと笑う。

「どういうことなんだ？」

大志郎が言った。太田黒は典絵を見つめながら苦笑した。

「まだ判らんのか。安東も山野井も熊野御堂幻花に操られていたんだよ。二人は〈女神の御霊〉の信者だ。教祖である熊野御堂幻花の言葉は絶対だ。その教祖が、人類のため、神々との決戦のために死んでくれと言ったら、信者としては逆らえまい」

「死ななきゃ神軍とは戦えないのか？」

「おそらくそうだろう。倭軍のメンバーが未定となってるのは、その時点でまだ死んだ信者がいなかったからだ」

「考えられんな」

「お前さんのように邪気だらけの人間にゃあ理解できんだろう。だがな、純粋な人間にとっちゃあ死も美しいもんなんだ」

「安東や山野井が純粋なんて、それこそ理解できないね」

「なんでも自分を基準に考えなさんな。彼ら二人が〈女神の御霊〉の信者だったことは確かなんだから」

「どうして二人は信者になんかなったんだろう？」

「わからんな。だがな、安東の死の直前の笑みが、これで説明できる」

「自殺だって言うのか？」

「そう。それも幻花にだまされて喜んで死んでいった」

「山野井も？」

「そうだ」

「そんなことをして幻花に何のメリットがある」

「何度同じ事を言わせるんだ。幻花は二人の保険金の受取人になってるんだよ」

「つまり、金目当てか。しかしそれでしょっぴけるのか？　熊野御堂幻花を」

太田黒は虫歯に今治水《こんじすい》をつけ過ぎたような顔をした。

だましたにせよ、そそのかしたにせよ、結局最後は安東も山野井も自分の意志で死を選んだことになる。幻花を法的に裁くのは難しいのではないか。

「お前さんの渋川徳治郎犯人説は問題外としても、お嬢さんの福井幹夫犯人説はなかなかおもしろい発想だと思いましたよ」

「ちょっと待てよおっさん。一件落着したかのような発言はまだ少しばかり早いんじゃないのか」

「真相はもう見えたんだよ」

「目撃者がいたんだろ？　目のパッチリした女性がリモコンを投げたっていう」

「ああ。おそらく共犯者だろう。〈女神の御霊〉の信者にちげえねえ」

「熊野御堂幻花も安東さんもその女性も、安東さんの爆死に関する共犯者だっていうんですか？」

「その通りです。安東自身も、神々との決戦に向かうために自らの死を望んでいたのです。それが奴の死の直前の笑みの真相です」

「どうもしっくりこないな」

「シロウトは黙ってな」

「刑事さんよ。もし安東自身も自分の死を望んでいたら〝田中に殺されるかもしれない〟っていう安東自身の言葉はどうなる」

「冗談だったんだろうよ。そう気にするような言葉じゃない」

「よく言うぜ」

太田黒の話した内容《ストーリー》が今回の事件の真相なのだろうか。

大志郎にはそうは思えなかった。自殺なら、やはりリモコンを使う必要はないのだ。

リモコンを放り投げた女性——その女性が、安東の意志とは関わりなく、安東を殺害したのだ。大志郎はそう思った。

## 8

社長室兼編集長室に黒木典絵が入ってきた。

「どうした」

星野は葉巻をくゆらせたまま声をかける。

「ご相談したいことがあるんです」

典絵はノートを胸に抱えたまま星野に近づいた。

「『70才』のことなんですけど」

「うむ」

星野は曖昧な返事をする。

「渋川監督のこと調べているうちに、ちょっと妙なデータが出てきて」

「妙なデータ？」

「ええ」

典絵はノートを星野のデスクの上に置くと、ノートに挟んでいたコピー用紙を取り出した。

「渋川監督の故郷の役所から取り寄せたんですけど、渋川監督、名前がちがうんです」

星野は、言っている意味が判らないという風に典絵を見つめる。

「渋川監督、渋川徳治郎じゃなくて、本名は渋川捨二朗《すてじろう》なんです」

「捨二朗？」

「はい」

星野はコピー用紙を覗きこんだ。戸籍の写しだった。たしかに渋川捨二朗と記入されている。

「どういうこった」

「たぶん、捨てるという字が厭だったんだと思います。だから勝手に徳治郎に改名して名乗ってたんですよ」

「なるほど」

捨てるという字は、印象がよくない。嫌っても不思議はない。あからさまに印象の悪い名前でなくても、姓名判断でよくないと判断されて改名する人は決して少なくない。

「戸籍に残ってるってことは、法的な改名はしてないってことだな」

「はい。法的には捨二朗のままなんですけど、対外的には徳治郎を名乗っているようです」

「で、相談っていうのは？」

「『70才』の記述です」

典絵はコピー用紙をノートにしまいながら言った。

「本名が捨二朗なんだから、捨二朗と記述するべきでしょうか。それとも徳治郎で押し通すべきでしょうか」

星野はしばらく考えたが、結論が出たというように話し出した。

「徳治郎でいいだろう」

葉巻の火を消しながら言った。

「たしかに本名は捨二朗かもしれねえが、一般的には徳治郎と認識されている」

典絵は頷く。

「周囲の人間が徳治郎と認識してるんなら、徳治郎と記述してかまわないんじゃないか？」

「そうですね」

「文章の中の人物は、結局周囲の人間の認識を記述するわけだからな。捨二朗なんて記述する方がかえって不自然だろう。本人だって厭だろうし」

「わかりました。たしかに、たとえば高瀬千帆《ちほ》っていう人のニックネームがタカチだった場合、地の文で〝タカチは〟って表記してもいいわけですもんね」

「その通りだ。もし周囲の人間も彼の本名が捨二朗だと知ったなら、その時点から捨二朗と記述すればいいじゃねえか」

「そうですね。ではノンフィクションですが、徳治郎で通します」

星野は頷いた。

「ありがとうございました」

典絵はお辞儀をすると部屋を出て行った。

⚽

十一月二十日——。

日本A代表はアジア一次予選最終戦にも勝利を収め、最終予選に出場することが決定していた。

大志郎は新橋の喫茶店で思案を巡らせていた。

安東大吾も山野井昌彦も〈女神の御霊〉の信者だった。

ここはどうしても〈女神の御霊〉に取材をかけなければ始まらない。もちろん、大事件の真相は、生半可な取材では見えてこないだろう。特に〈女神の御霊〉はマスコミの取材には滅多に応じない教団なのだ。

(熊野御堂幻花に直接取材するにはどうしたらいいか)

考えた挙げ句、それには自分が信者になるしかないという結論に達した。

大志郎は〈女神の御霊〉の所在地、連絡先などを調べあげ、頭の中で入念なシミュレーションを繰り返した後〈女神の御霊〉に電話をかけた。入信希望の意を告げると、なんとか面接の約束が取れた。

それが昨日のこと。

大志郎は携帯電話で時刻を確認した。約束の時間まであと少しだ。

店内にはスクリーンが設置されていて、スポーツニュースを放映している。先日の第十五節の試合。浦和レッズ対セレッソ大阪。大久保のハットトリックで浦和が敗れた。

静岡フェニックスが大分トリニータに勝ったこともテレビ中継は報じていた。

その結果、ついに静岡フェニックスが浦和レッズを捉えた。

一位　静岡フェニックス　（一一勝一敗三分）
二位　浦和レッズ　（一一勝三敗一分）
三位　東京スターボウ　（一〇勝四敗一分）
四位　横浜F・マリノス　（九勝四敗二分）
五位　鹿島アントラーズ　（七勝五敗三分）

地元の静岡では大騒ぎとなった。熱狂したサポーターたちが、酒を飲んだ勢いで夜、駿河湾に繰り出し、花火を上げた。

反対に意気消沈したのはレッズのサポーターたちである。高勝率で勝ち続けてきて、優勝はまちがいないと思いこんでいたのに、伏兵ともいえる静岡フェニックスに足下をさらわれたのだ。

だがこの事態に最も忸怩《じくじ》たる思いでいたのは、ほかならぬ渋川徳治郎監督だろう。渋川監督がリーグ完全優勝に懸ける思いは尋常ではない。七十歳になり、人生の目標をレッズの優勝ただ一つと思い定めている。そしてその夢を掴みかけたときに、横槍が入ったのだ。さぞ悔しく、また焦っていることだろう。

大志郎は喫茶店の大型スクリーンで静岡フェニックスの勝利と浦和レッズの敗戦を再度、確認すると、店を出て〈女神の御霊〉本部に向かった。

作戦は充分に練ってある。

〈女神の御霊〉には紹介がないと入れないから、安東、山野井に話を聞いたことにする。田中陽一を通せばあり得ない話ではない。そのことを信じこませるためには、職場では伏せていた自分のサッカー歴をある程度は明かさなければならないだろう。

新橋の本部に着いて面接に来たことを告げると、小さな部屋で勝田と名乗るスポーツマンタイプの男の面談が待ち受けていた。

勝田は笑みを浮かべながら大志郎に問いかけてきた。

「わたしどもを、どのような経緯でお知りになったのですか」

「実は、田中陽一を通して安東や山野井から聞いたのです」

大志郎は用意してきた話をした。

「ほう」

勝田が目を細める。安東や山野井の名前を出したのはやはりまずかっただろうか。だが、ほかに適当な理由は思いつかなかった。

「入信希望の動機は？」

いくらか勝田の口調がぞんざいになったような気がする。

「サッカーがうまくなりたいんですよ」

「サッカーがね」

「ええ。俺は高校時代、星城高校のサッカー部に所属していましてね。田中陽一の先輩です」

「そうなんですか」

大志郎は頷いた。

「将来を有望視されてもいました。だけど、試合中の事故で、動体視力が弱くなってサッカーをやめたんです」

「それなのにサッカーがうまくなりたいんですか？」

「最近、動体視力が元に戻っていることに気がついたんです。そうしたらまた欲が出てきた」

「お歳は？」

「三十です」

「どういうチームでプレイするんですか？」

「今は地元の同好会のようなものに入っていますが、練習を積んだら、読売のクラブチームに入ろうと思っています」

「まさかJリーグを目指しているとか」

「これでも現役時代は全日本クラスといわれていたんですよ。やってやれないことはない」

「しかし、ブランクがあまりにも大きすぎるでしょう」

「だからこそ〈女神の御霊〉の力を借りたいんですよ」

勝田が考えこんでいる。

「動機が不純ですね」

「いけませんか？」

勝田が大志郎の目を見つめてくる。

「もう一度サッカーをやりたい。Jリーグに入りたい。でも入れない。これは俺にとって、真剣な悩みなんですよ」

勝田は無言だ。大志郎は勝田の返事を待った。

「いいでしょう」

その言葉を聞いて、大志郎はホッとした。

「幻花様のご判断を仰ぎましょう」

勝田は立ち上がった。

第一の面談はクリアしたのだ。

勝田に案内されて教祖の部屋に着いた。勝田に促され、大志郎は教祖の部屋に一人で通された。

熊野御堂幻花がいた。

幻花は黄色と黒のストライプの、身体の線がクッキリと出るワンピースを着ていた。

大志郎はまず幻花の目を見つめた。細い切れ長の目だった。

「いい顔をしているわね」

幻花が大志郎を見ながら、張りと艶のある声で言った。

「ハンサム。それに表情もいいわ。あなた本当に悩みなんかあるの？」

幻花の顔はどこか嬉しそうだった。

「サッカーがうまくなりたいんです」

「サッカー？　あなた、サッカー選手なの？」

「地元のチームに入っています」

「ダメね。もっと本質的な悩みの話をしなくちゃ」

この人はOLになったら、やり手のキャリアウーマンになったのではないか。幻花のショートヘアを見ながら大志郎はそんなことを思った。

「あなたの夢は？」

「夢？」

「もしかしたらプロのサッカー選手になること？」

大志郎は心臓を鷲掴みにされたようなおどろきを味わった。

（どうして判ったのだろう。入念にシミュレーションしてきた内容を）

幻花とは初対面だ。普通、地元のサッカーチームに入っているというだけで、三十歳にもなった男の夢がプロ選手になる事とは思わないだろう。

「どうしてあきらめたの？」

「それは……」

熊野御堂幻花はすべてお見通しなのだろうか？

「怪我をしたんです」

大志郎は思わず話していた。

「高校時代、試合中の事故で動体視力を失った。それでプロ入りを諦めなければならなかった。それ以来、サッカーも嫌いになってしまった」

幻花は同情がこもったような目で大志郎を見つめる。

「かわいそう」

幻花は大志郎の坐るソファまで歩いてくると隣に坐った。

「やけを起こして人間不信に陥るなんてダメよ」

幻花は大志郎の手を取った。

大志郎はその手を振りほどいていいものかどうか迷った。

「あなたには見所があるっ」

幻花はさらに強く大志郎の手を握ってくる。

「でもそれだけじゃ足りない」

大志郎は無言で幻花の話を聞いている。

「何かに向かって戦いを挑まなければダメね」

「戦い？」

「そう」

幻花は両手で大志郎の手を包み、潤んだ目で大志郎を見つめた。

（どういうつもりだ？）

大志郎は訝《いぶか》った。

幻花は大志郎の手を握ったまま、ベッドの方に軽く引いた。頭に靄《もや》がかかったように、幻花のなすがままに身体が動かされていく。大志郎は幻花に誘われるまま、ベッドに身を横たえた。その時、ベッドの脇にイヤフォンのような物を見つけた。

（これは……）

大志郎は立ち上がった。

「すみません。もう行かなければいけないんです」

大志郎の言葉を聞くと、幻花は興ざめたような顔をしたが、手短にイナリの説明を始めた。

「わかりました。お金が出来次第また来ますよ」

大志郎は幻花の部屋を辞した。

⚽

福井幹夫は幻花の部屋で懺悔《ざんげ》をしていた。

ベッドの上に並んで坐り、幻花は自分の唇で福井の唇を塞《ふさ》いだ。

二人は舌を絡めあった。

顔を離すと福井は再び話し始めた。

「ぼくは、、、、、人を殺しました」

幻花の腕の中で福井は震えていた。

「魂を浄化しなくてはいけないわ」

幻花は動ずることなく福井の頬を愛撫した。

「戦いに行かなくては」

福井には幻花の声が文字通り女神の声に聞こえた。

「わかるわね」

福井は頷くと、幻花の胸に顔を埋めた。

⚽

大志郎は田中陽一に向かってグラスを掲げた。

「さて、何に対して乾杯しようかな」

「先輩の未来を祝して」

田中もグラスを掲げる。

「よせよ」

「先輩は同僚の女性記者といい仲なんでしょ？　黒木典絵っていいましたっけ」

大志郎は虚をつかれた。

「先輩の好みは知ってますからね。彼女はまさに先輩の好みだ」

大志郎は何と答えていいか判らずにグラスを見つめていた。

「図星ですか。カマをかけただけなのに」

「こいつ」

大志郎は苦笑した。

「こっちはいいことナシです」

「レギュラーの座を自分の力で掴み取ったじゃないか」

「棘《とげ》があるように聞こえますよ」

田中がグラスを呷る。

「やっぱりわれわれの目的は優勝ですよ。なんせ安東や山野井が死ぬまでは本当にわが東京スターボウが優勝すると思ってましたからね」

「新崎監督はどんな様子だ？」

「さわやかな笑顔を絶やしてません。もっともトイレの個室で〝渋川の野郎ぶっ殺してやる〟って毒づいていたのを聞いた奴がいるそうです」

大志郎は笑った。

「それがいま流行《はや》っているジョークか？」

「本当らしいですよ」

田中は真顔になった。

「東京スターボウの主力が次々と死んだのは渋川監督の怨念のせいだと思ってるんですよ。新崎監督は」

「そう思いたくなるのも無理はない」

「でしょ？　あの爺さんの不気味な顔を見てたら、誰だってそう思いますって」

大志郎は心の中で「同感だ」とつぶやいていた。大志郎はいまだに渋川監督犯人説を捨てきれないでいた。

「田中。あの二人が〈女神の御霊〉の信者だったのを知ってるか？」

「安東と山野井が？」

「ああ」

「まさか」

「どうしてまさかって思うんだ？」

「だって〈女神の御霊〉っていうのはカルト教団でしょう？　教祖が人間消失の秘術を行うっていう」

「人間消失か。だがまだ見た者はいない」

「インチキだからですよ。いくら安東や山野井がゴリラ並みの頭脳しか持っていなくても、あんなインチキ教団に引っかかるとは思えませんね」

「教祖に直《じか》に会えばお前も考えが変わるかもしれない」

「よしてください。勧誘ですか？」

「いや、こっちの話だ」

大志郎はポテトチップスを口の中に入れた。

「湿ったつまみはないのか？」

「ハムとチーズぐらいならあるかもしれません」

「悪いな」

田中は溜息をついてから立ち上がり、キッチンからハムとチーズを用意してきた。

「お前は誘われなかったのか？　安東や山野井に」

「〈女神の御霊〉にですか？」

「ああ」

「誘われませんよ」

「二人とは仲がよかったんだろ」

「心の悩みをうち明ける程じゃない。やつらにそんなものがあったとしての話ですけど」

「あの二人と仲のよかった奴を知らないか？　共通の友人というやつだ」

「だったら福井ですよ」

「福井？　フェニックスのか？」

「ええ」

「どうしてだ？　チームもちがうし高校だってちがうだろう」

「同年代ですからね。だから高校サッカー大会で知り合ったんじゃないですか。あの三人はU—20やU—23には選ばれてませんけど、高校時代、注目の選手だったことは確かですから」

「ふむ」

大志郎は気のない返事をした。

「あの三人はたしかに気が合ってましたよ」

「お前は合わなかったのか？」

「ぼくだって気が合わない訳じゃないけど、どこかあの三人とはちがうんすね。あの三人は一種独特の雰囲気を持ってたっすね」

「一種独特か」

「そう。あえて言えば」

田中は少し考えた。

「悪の匂い」

「なんだ。だったらお前と一緒じゃないか」

「やめてくださいよ」

大志郎は冗談に紛らせながらも、福井の、典絵に対する悪行を思い出していた。

「そんな奴等がどうして宗教になんか走ったんだろう」

「知りませんよ」

田中は水割りを呷った。

⚽

十一月二十二日。

大志郎のアパートのベッドの上に典絵は横たわっていた。隣には大志郎がいる。

「何か音楽をかけようか？」

大志郎が言った。

「君はたしかショパンが好きだっていってたね。あいにくうちにはリストとモーツァルトしかない。あとは坂本冬美」

「田原俊彦なんてないですよね」

「ファンなのか？」

「姉がファンだったんです」

典絵は笑った。

「でも音楽はいいわ。もう晩《おそ》いから」

時計は午前二時を指している。

典絵はベッドを降りてテーブルの前に坐った。テーブルには飲み残した水割りが載っている。

「どうでした？　熊野御堂幻花は」

「とんだインチキ教祖さ」

大志郎も典絵の隣に移る。

「最初はいきなり俺の夢を当てられたよ」

「夢？」

「Jリーガーになりたかったんだ。ほんとは」

「まあ」

大志郎は水割りを呷った。

「その夢を今でも持ち続けている。そういう設定で幻花に会いに行った。でもこっちから言う前にそれを言い当てられたものだから、幻花という女には本当に霊感があるのかもしれないとさえ思った」

「本当にあるんですか？　霊感」

「ちがう。トリックがあったんだ」

大志郎は水割りのお代わりを作る。

「幻花に会う前に、幹部の一人と面談があるんだ。そこでいろいろなことを訊かれる。おそらく幻花はその会話をイヤフォンを通じて聞いていたんだと思う。幻花のベッドの脇に、イヤフォンのようなものが小さく見えたんだ」

大志郎は水割りを一口、口に含む。

「熊野御堂幻花が犯人だと思いますか？」

「いや、そうは思わない」

大志郎の言葉に、典絵は意外そうな顔をした。

「安東さんと山野井さんの保険金の受取人は彼女なんですよ」

「それはたぶん、彼女への忠誠心の証なんだと思う」

「忠誠心？」

「ああ。山野井も安東も〈女神の御霊〉の十二使徒になっているらしい。つまり幹部だ」

「幹部になったら全員、受取人を幻花にして生命保険に入るっていうんですか？」

「おそらくそうじゃないかな。俺みたいな下っ端には教えてくれないけど、幹部になるのだったらそれぐらいの覚悟が必要だぞ、ということだろう。だから保険金と殺人とは直接は関係ない」

「どうしてそんな事がいえるんですか」

「〈女神の御霊〉は金に困ってないからさ」

大志郎は典絵の目を見つめた。

「ベテル日比谷っていう本部建物だけでもすごい資産だぜ」

「でも、バブルの頃に建てて今は動きが取れなくなってるのかもしれない」

「いや。現在〈女神の御霊〉に借金はないんだ」

「調べたの？」

「これでもジャーナリストだぜ」

「じゃあ」

「そう。幻花にとっても、安東と山野井の死は予想外のことだった。俺はそう思う」

携帯電話が鳴った。大志郎は舌打ちをした。

「切っておけばよかった」

典絵にそう愚痴を言いながら受信ボタンを押す。

――もしもし。犬飼君か。

――いま何時だと思ってるんだ？

――気にするな。俺はこの時間は起きてるんだ。

大志郎は典絵に「刑事のおっさんだ」と教えた。

――福井が行方不明になった。

――なんだって。

――静岡フェニックスの福井幹夫が姿をくらませたんだよ。

——姿をくらませたって、俺は奴の姿をテレビで見たぜ。

——一昨日のスポーツニュースだろうが。その後、今日までの二日間、奴の姿を見た者はいないんだ。

——俺だってこの二日間、誰にも姿を見られてないぜ。

——福井はな、テレビ出演も練習も全部すっぽかしてるんだよ。


唐突に通話が切れた。

「どうしたの？」

典絵が好奇心に満ちた顔で大志郎に訊いた。

「君の福井犯人説が当たってるかもしれないぜ」

大志郎は水割りのお代わりを作った。

## 9

翌日、大志郎と典絵は太田黒に誘われ、浦和レッズ対ヴィッセル神戸の試合を見に来ていた。

浦和駒場スタジアム。埼玉県さいたま市駒場にある、収容数二万千五百人のサッカー場だ。

静岡フェニックスへの捜査活動は岩間に任せ、太田黒はレッズに的を絞っていた。

「やっぱりサッカーはサッカー場で見るのが一番ですね」

典絵が言った。

「浦和の駅に降りたときから、もう赤いTシャツやトレーナーを着た人がたくさんいて〝ああ、みんなレッズのファンなんだなあ〟って思えて、勇気づけられて、うれしくなってしまうんですよね」

「フレンドリーなスタジアムですな」

フランクフルトを頰張りながら太田黒が言った。

「いつもドームや神宮で五万人の大観衆を見慣れてるから、この二万人程度の収容人数ってのが新鮮だ」

「皮肉か？」

「馬鹿いえ。もう少し人の話は素直に聞くもんだぜ。グラウンドと観客席の近い距離感は、なんだか大リーグの球場みたいで、スポーツ観戦の原点って感じがするな」

試合は既に始まっている。

今年からインターネットモール〈楽天〉の社長、三木谷浩史氏が経営することになったヴィッセル神戸。その神戸が押している。三浦知良が独特のステップからシュートを放ったが、ゴール上を通過した。レッズはまだシュートを放っていない。

「久し振りにサッカーを見たときは、キーパーがボールを持ったまま何歩も歩いているからビックリしたぜ」

「いつの時代の話をしてるんだよ」

昔はキーパーは、ボールを持ったら四歩までしか歩いてはいけなかった。しかしそれでは審判もいちいちチェックするのが大変だから、歩数から時間に切り替えられたのだ。六秒ルールである。ゴールキーパーはボールを手で六秒を超えて支配してはいけない。

大歓声が起こった。

室井から永井にパスが通り、永井がディフェンスを一人かわしたのだ。そのままシュートを放つ。ボールは相手キーパー、掛川の伸ばした両手の先を飛んでいき、ネットを揺らした。レッズが一点先取したのだ。観客席の一部を占めるわずかな神戸サポーターを除いた観客が、一斉に歓声をあげる。ピッチでは両手を広げて走る永井に、選手たちが抱きついている。

大志郎はしばらくその様子を見ていた。

(あの時、怪我をしなかったら)

ふとそんな思いが頭をよぎった。高校サッカー部時代の話……。

また歓声が沸きかかったが、すぐに溜息に変わった。

田中達也がオフサイドを取られたのだ。

オフサイドはサッカーの反則の中で、最も判りづらいルールとされている。

サッカーではバスケットボールのように、リング下で味方からのパスを待っている作戦は禁止されている。つまり、味方がパスを出した瞬間に、そのボールに関与しようとした選手と相手ゴールの間に、相手のゴールキーパーともう一人の選手、計二人以上の相手がいないといけないことになっている。なお、スローインとコーナーキック、ゴールキックにはオフサイドは適用されない。

「さいきん少しオフサイドの笛が遅くなったと思わねえか？」

太田黒が誰にともなく言った。

「出されたボールに積極的に関与したか、オフサイドポジションにいたことで利益を得たかどうかまで的確に見ようとし始めたからな」

大志郎が答える。

「どうも判らんな」

「平たく言えばアドバンテージを見てるって事だろうな」

「そうじゃねえ」

太田黒はフランクフルトを食いちぎっている。

「福井はどうして姿をくらませたんだろうな」

「そのことか」

大志郎はゲームを見ながら答える。

「犯人だからじゃないのか？」

「犯人は熊野御堂幻花なんだよ」

「幻花には動機がない」

「保険金を受け取ってるだろうが」

「彼女は大金持ちだぜ。今さら金など欲しくないだろう」

「甘いな。人間の欲望は無限大なんだよ」

「しかし人殺しまでするかな」

「人殺しじゃない。彼女は自殺するように暗示を与えただけなんだ」

「じゃあ福井は？」

太田黒はフランクフルトを平らげると残った棒を足下に落とした。

「刑事さんよ。福井はどうして姿を消したんだよ」

「それが判らない」

「福井の交友関係は？」

「安東とも山野井ともつるんでいた。〈女神の御霊〉に誘われた節もある」

「ほう」

「もしかしたら、消されたのかもしれんな」

「消された？」

「幻花にだよ」

太田黒はビールを飲み乾した。

「どうして幻花が福井を消さなけりゃならねえんだよ」

「決まってるだろう。安東、山野井を殺したことを福井に嗅ぎつけられたからよ」

「まだ幻花犯人説にこだわってるのか」

「こだわるも何もおめえ」

「福井の女性関係は？」

「ああ。渋川萌とつきあってるぜ」

「渋川、萌？」

「知らんのか。渋川監督の娘だ」

大志郎は典絵を見た。典絵は〝知らなかった〟というように首をゆっくりと横に振った。

「確かか？」

「そんなこたァ自分で確かめろ」

安東爆死現場には目のパッチリとした女性がいて、リモコンを捨てたところを目撃されている。大志郎はその女性を渋川萌だと睨んでいた。父親の、悲願のシーズン優勝のために自ら共犯役を買って出たのだと。しかし動機が今ひとつ弱い気がしていた。だが、それが父親のためではなく、自分の恋人のためだとしたら？　典絵の唱える福井犯人説と、大志郎の考えていた渋川萌共犯説は、矛盾なく融合してしまうではないか。だが、もし福井が主犯だとしたら、動機は何だろう？

「何を考えてるんだ？」

「いや、三浦知良がいつまで現役でいるのかと思ってな」

そういった途端、三浦知良がシュートを放ち、キーパー都築の手をかすめ、ゴールに突き刺さった。

悲鳴があがる。

ピッチでは久し振りのカズダンスが披露されていた。

福井が消えたあとの試合で、静岡フェニックスがジュビロ磐田に敗れた。

この結果、再び浦和レッズが首位の座に返り咲いた。

大志郎は浦和駒場スタジアムにほど近いレストランで渋川萌と会った。

萌はピンクのワンピースを着て現われた。

料理を食べ終わるまでは、大志郎は浦和レッズが首位の座に返り咲いた事への賛辞を主に述べた。

「福井のことですが」

デカンタに残ったワインを萌につぎ足しながら大志郎は話題を変えた。

「何度も訊かれたんです。警察に。でも、心当たりが全くないんです」

萌は二十六歳だが、二十歳そこそこのしゃべり方に聞こえる。

萌は短大を出てすぐに東京スターボウのチーム職員として働き始めたが、一年でやめて、その後は父親の渋川徳治郎と親子二人で暮らしている。

「つきあってるんでしょう？」

「でも、おつきあいを始めたばかりで、それほど親しいというわけじゃないんです」

「つきあい始めたきっかけは？」

「わたしが東京スターボウのチーム職員だったときに、他チームのかたとも知りあう機会はありました。だから福井さんとも面識だけはあったんですけど」

萌のクリクリとした目は、ある種の魅力を発していた。

（この目に福井はまいったのかな）

大志郎は萌の目を見ながらそう思った。

「実際におつきあいが始まったのは、去年のわたしの誕生パーティに福井さんが来てくれたことがきっかけなんです」

「それはいつ？」

「去年の十一月十九日です」

す」


「じゃあもう一年以上つきあってるわけだ」

「いえ。おつきあいを申し込まれてはいましたけど、わたしがＯＫしたのはごく最近なんです」

「最近というと？」

「三ヶ月ぐらい前かしら」

「本当なの、それ」

「本当です。どうしてわたしが嘘をつかなくちゃいけないんですか」

「いや、もし長いつきあいなら、福井の居場所を知らないわけないと思ってね」

「福井さんはどこかに隠れてるんですか？」

「さあ」

「まさか変な事件に巻きこまれてるなんて事は……」

「ある意味、Ｊリーグ全体が変な事件に巻きこまれていると言える」

大志郎は萌のパッチリとした目を見つめた。

「ところで、どこに魅かれたんだ？　福井の」

「さあ、どこかしら」

萌は無邪気な顔で大志郎を見つめた。

「あたしに好意を持ってくれてるところ？」

萌は小首を傾げた。質問されても困ると大志郎は思った。

「彼、強引だったんです」

「だろうな」

「知ってるんですか、彼のこと」

「少しは知ってるつもりだ」

「教えてください。彼は今どこにいるんですか？」

「それは最初に俺がした質問だぜ」

「シーズンが終わるまでには出てきてくれるかしら」

シーズンが終わる。そのときには当然、優勝チームが決まっている。浦和レッズか、静岡フェニックスか。萌にとっては父親と恋人の対決ということになる。

「もしこのまま福井が出てこなかったら、浦和レッズにとってはすこぶる有利な展開だな」

萌が大志郎を睨む。その顔を見ながら、大志郎は渋川監督の顔を思い浮かべていた。


太田黒と岩間は世田谷区深沢に住む川村敬太郎という中学一年生の少年の家を訪ねた。少年の母親から「子どもが福井選手を見たと言っている」という通報が入ったからである。

川村家は福井のマンションからさほど離れていない場所に位置するモルタル造りの二階建

て一軒家である。

応対に出た母親を見て、太田黒は四十歳前後だろうと値踏みした。美人だが、女性としての役割より、母親としての役割に重きを置いているように見受けられる。

太田黒と岩間は応接室に通された。テレビの脇にはビデオゲームのハードとソフトが置かれている。

あらかじめ砂糖を入れたコーヒーを配り終えると、母親は話を聞く態勢を取った。

「では始めましょうか。あまり固くならないで」

岩間が話し出した。太田黒の強面《こわもて》では子どもが萎縮してしまうだろうという判断から、岩間が訊き役を買って出たのである。

「福井選手を見たのは、いつですか？」

「十一月二十日の、夜です」

少年は緊張した面もちで話し出した。中学一年生にしても、おそらく小柄な方だろう。無造作な短髪にメガネをかけている。

「夜の、何時頃ですか？」

「たぶん、二時頃だったと思います」

「二時？　夜中の？」

「はい」

「そんな時間に、君は何をしていたの」

「星を見ていたんです」

「この子は天体観測が趣味で、よく夜中に星を見るんです。『天文ガイド』という雑誌を毎月買っているぐらいですから」

母親が口を出した。

「じゃあ、見たというのは君の部屋から？」

「はい。ぼくが天体望遠鏡で月を見ていたら、ビルの上に人が立っているのが見えたんです」

「福井さんの住んでいたマンションです。安東さんも住んでいた」

母親が解説をする。

「何をしていたんですか？　福井は」

「屋上の柵から、飛び降りたんです」

「飛び降りただと？」

今まで黙って聞いていた太田黒が大声を出した。少年は首を縮めた。

「見まちがいだろう、それは。福井のマンションは七階建てだぜ。その屋上から飛び降りたら死体になることはまちがいねえ。ところがそんな死体があったなんて話はどこからも出てねえぜ」

「まちがいじゃありません。望遠鏡でハッキリと見たんです」

「この子はウソを言うような子じゃありません」

母親はきっぱりと言った。

「天体望遠鏡だろ?」

「はい」

「星を見る道具で人間が見えるのかね」

「天体望遠鏡といっても、使っていたのはそのパイロットスコープの方だけです。月を見るにはそれで充分なんです。その日も月を見ようとして」

「よく判らんが、それで人間は見えるのかい?」

「はい。福井選手が見えました。福井選手は、屋上の柵を乗り越えて、両手を広げて」

「両手を広げて?」

「はい。鳥が羽を広げて飛び立つように見えました」

「それで、福井は飛んだのか?」

「飛びました。もちろん人間ですからそのまま下に落ちましたけど」

「君は本当にそれを見たのか?」

「見ました」

「落ちるところを?」

「落下しているところを見ました」

「見まちがいじゃないのかい？」

「絶対に見まちがいじゃありません。ニュースにならなかったから、どうしたんだろうとは思ってましたけど」

太田黒と岩間は顔を見合わせる。

「本当にどうなってるんだ」

「福井が、空中で消えたんですかね」

「人間消失か」

太田黒は熊野御堂幻花が人間消失の秘術を使うという話を思い出した。そして『亜空間通信』に載っていた幻花の詩。『神々との決戦』と題された詩には、次のような詩句があった筈だ。

——第一の戦士はペガサスに乗って戦地へ赴く
第二の戦士は矢を放つ
第三の戦士は羽ばたく

「それと」

中学生が口を開いた。

「福井選手はユニフォームを着ていました」

「なに」

「夜中にユニフォームなんて変だと思ったんですけど、でもユニフォームを着ていたから福井選手だって判ったのかもしれません」

母親が満足げに頷いている。

「戦いに行く気だったんでしょうか」

岩間の問いかけに、太田黒は返事をしなかった。

⚽

大志郎、典絵、太田黒は国立競技場で試合を見ていた。

日本対ドイツの親善試合。日本はアジア一次予選に出場が決定しているし、ドイツは開催国で予選を免除されている。

「エメルソンのケガが大したことなくてよかったです」

典絵が言った。エメルソンはリーグ戦の試合中に捻挫したのだ。

「これも渋川監督の執念が影響したのかもしれないな」

「お前さん、まだ渋川監督犯人説にこだわってるのか」

「渋川監督には目のパッチリとした娘さんがいるだろ」

「あの親子にはアリバイがある」

「調べたのか」

大志郎は意外そうに太田黒を見た。

「もちろん調べたさ。安東が爆死した時間、監督は人と会っていた」

「娘さんは？」

「一人で映画を観ていた」

「それは普通、アリバイがないって言わないか？」

「しかしアリバイのない人物は日本全国で六千万人ぐらいいるだろう。やっぱり動機を重視しなきゃな」

太田黒は澄ました顔でビールを飲んでいる。

「それより、また判らん事が増えたぜ」

太田黒が言った。

「子どもの証言のことか？」

「ああ。あのあとマンションの周囲の道路を徹底的に調べさせたけどな、人が落ちた形跡はどこにも見あたらなかった」

「子どもが夢でも見たんだろう」

「それはない。あの子はクラス委員をしてるほどしっかりした子だ。成績は常に学年のトップ10に入っている。お前さんの証言なんかよりよっぽど信頼できる」

「ということは、福井が空中で消えたってことか？」

「そうなるな」

初めてA代表に呼ばれた東京スターボウの田中陽一が、クローゼが放った絶妙のクロスをカットした。歓声が起きる。田中の溌剌《はつらつ》としたプレイ振りを、大志郎は少し羨《うらや》ましい気持ちで見ていた。

「熊野御堂幻花を調べてみろよ」

大志郎は太田黒に言った。

「調べたさ。ところがあの女狐の〝人間消失〟なんて、とんだこけおどしだ。やるやると言って一度もやったことはなかった。できない子どもの勉強と一緒だ」

「じゃあ今回の福井が初めてか」

「ふざけた言い方はよせ」

太田黒が唸るように言う。

「でもこれで、福井が事件に巻きこまれたことが判ったな」

「巻きこまれたか、自分から飛び込んだかは別にしてな」

「巻きこまれたのさ。自殺だったら、死体が消えるわけがない」

「誰が消したんだろうな」

「幻花だろう」

大志郎が言った。

「なぜ、どうやって」

「知るか」

またクローゼが切れこむ。田中がカットする。

「もしかしたら福井は六階か五階のベランダにでも落ちたんじゃないのか？」

「それはねえ。六階と言わず、フェンスの外側にも幅一メートル半ほどの床があるんだが、そこに飛びおりたんでもねえ。ガキの部屋からマンションの五階以上は見渡せるんだ。ガキは福井が五階より下まで落下するところを見届けている」

「それより下は？」

「三階建てのアパートの陰になって見えなかった」

「じゃあその下の階だ。その下のベランダに降りたんだろう」

「ひとつ言い忘れていた。ベランダは福井が飛び降りた側と反対側だ。福井の飛び降りた側は壁面だ」

「途中で摑まれそうな物は？」

「何もない」

「そうだ。思い出したぞ」

大志郎はビールを一口飲んだ。

「あのマンションの一階にはファミレスがあったな」

「そんなことを今ごろ思い出したのか」

「いや、思い出したのはそのファミレスの入り口の上に、大きな庇があったたってことだ」

「ほう」

「すごく頑丈そうな庇だったな。あの上に落ちれば命は取り留められるんじゃないか？」

「そりゃねえだろう。七階だぜ」

「だけど万が一ということがある」

「もちろん庇は調べたさ」

太田黒はニヤリと笑った。

「だが人間が屋上から落ちた形跡は発見されなかった」

エメルソンが相手ボールをカットして、神風のようなスピードでドリブルを始めた。

スタジアムがどよめく。

エメルソンは相手ディフェンスを次々と抜き去っていく。誰にも止めることはできない。

エメルソンはそのままシュートを放ち、日本に得点が入った。

国立競技場に大歓声が沸き起こった。

「人間消失か」

大志郎の脳裏に、熊野御堂幻花の薄笑みが浮かんだ。

⚽

パソコンを操作する典絵の後ろ姿を、大志郎は見ていた。

「向こうはシュートを連発してる。こっちはボールを支配できない」

肩近くで自然に内側にカールしている典絵の髪には、天使の輪が光っている。

「向こうって、犯人のことですか？」

「ああ。試合はもう後半の三十分を過ぎた頃だろう」

「犬飼さんの頭脳なら、きっと最後には犯人を突き止めますよ」

「そのつもりだ」

だが、頭脳なら典絵の方が上だという気が大志郎はしていた。

「謎は三つある」

大志郎が言うと、典絵はパソコンから目を離し、大志郎に向き合った。

「まず、安東はなぜ楠公像にまたがって、そして笑ったのか？　第二に、山野井の部屋の密室はどのようにして作られたのか？　最後に、福井の落下した身体は、どこに消えたのか？」

手がかりといえそうなものは一つだけだろう。

安東の爆死現場でリモコンを投げ捨てた目のパッチリとした女性。彼女は誰なのか……。

「熊野御堂幻花だと考えると、ピタリとはまるんです」

典絵が言った。

「彼女の目は細いぜ」

「共犯者がいるんじゃないかしら」

「君は福井犯人説を捨てたのか？」

「だって、福井さん自身が消えてしまったんですよ」

福井は空中で消えた。なぜ、どうやって。

「熊野御堂幻花の神言、無視できないと思います」

「たしかに殺された、あるいは消えた三人は、幻花の神言通りの死に方をしている」

安東はペガサス（馬）に乗り、

山野井は矢を放ち、

福井は羽ばたいた。

「全員、幻花さんに操られていたとしたら、一番すっきり説明できるんです」

「逆に犯人がそう思わせようと狙ったのかもしれないぜ」

「犯人が？」

「そうだ。犯人はあらかじめ幻花の神言の内容を知っていた。そして捜査の目を幻花に向けさせるために幻花の神言に見立てて殺人を行った」

大志郎の言葉に、典絵は考えこんだ。

「見立てるといっても、安東さんは自分の意志で像に登ったんですよ。それに山野井さんが他殺だというのも、少し無理があるように思います」

「自殺だってのか」

「少なくともわたしには他殺だと証明することはできません」

「俺だってそうだ。だけど誰かが証明するとしたら、それは君だろうな」

真の探偵役は、俺より典絵がふさわしい。大志郎はそう思っていた。だが、典絵は答えない。

「福井の死体だけないのが気になる」

大志郎はそう言うと、咽を鳴らして水割りを飲みこむ。

「君の福井犯人説こそ無視できないということだ」

「福井さんが犯人だっていうの？」

「福井なら幻花の神言をあらかじめ知ることも容易だろう。神言に見立てて二人を殺した。仕上げは幻花の人間消失に見せかけて自分を消すことだ」

大志郎は「どうだ？」という顔で典絵を見た。典絵はニッコリと笑った。大志郎はその笑顔を見て「不謹慎だな」と思った。人が死んでいるのに笑うとは。だが、その笑顔を見てさらに典絵の魅力を再認識したのも事実だ。

「はまりますね、ピタリと」

典絵が言った。

「問題は動機さ」

大志郎はグラスを口に運ぶ。

「俺だって渋川親子説を捨てた訳じゃない。だけど、いずれにしろ動機を探ることが急務だろう」

「そうですね」

「あの三人にはどこかに接点がある筈なんだ」

「あの三人って、安東さん、山野井さん、福井さんですか？」

「ああ。その接点が渋川親子に繋がっていれば渋川親子が犯人。熊野御堂幻花に繋がっていれば、熊野御堂幻花が犯人。誰にも繋がっていなかったら」

大志郎が典絵を見る。

「福井が犯人だろう」

典絵は大志郎の言葉に答えずにパソコンに向かった。

「あの三人は全国高校サッカー選手権の同期なんです」

「知ってるさ。十一年前の国立。学年は山野井が一個下だけど、三人同時に大会に出場してる」

安東は大阪代表、甲南経済大学付属高校のディフェンス。

山野井は東京、帝都高校のミッドフィルダー。

福井は山梨県代表、甲府学院のフォワード。

結果に、二年生の山野井が所属する帝都高校が、全国優勝した。

「地理的には、三人バラバラですね」

「ああ。大阪、東京、山梨。これじゃあ、全国大会以前に彼らが知り合う機会はあまりないな。あるいは練習試合で知り合ったのかな」

「三人は練習試合もしてません」

典絵がデータベースソフトを操作しながら答える。

「国立で初めて彼らは出会うんです。それぞれベスト4に残りましたから」

「三人は対戦したのか？」

「準決勝で甲府学院は山野井の帝都に負けましたから、福井と安東の対戦はありません」

「宿は？」

「三人別々です。距離も離れています」

「じゃあ、彼らがプロ入り前に親密になる機会は、ないじゃないか」

「そうですね。やっぱり福井さんの言った通り、それほど親しくなかったのかしら」

「そんな筈はない」

大志郎が断言した。

「彼らには密接な繋がりがある。でなけりゃ次々に死んだり姿を消したりしないだろう？」

「でも、プロ入り後のデータでは特別な繋がりは見つからないし、高校時代も全国大会が終わるまでをパソコンで調べたけど」

「終わった後は？」

大志郎が突然閃《ひらめ》いたように言った。

「見落とされがちな事実があるじゃないか」

「見落とされがちな？」

「ああ。たとえば『ドカベン』全四十八巻で、まったく無視され続けたあの事実」

典絵は向きを変え、大志郎の目を見つめた。

「もしかしたら、韓国遠征？」

大志郎はにっこり頬笑んで頷いた。

「高校野球では、甲子園が終わった後、全日本チームを組んで韓国やアメリカに遠征したりするだろう？」

「そうですよね。サッカーでもありますね。ヨーロッパ遠征とか。忘れてました。あの三人だったら、高校選抜チームに選ばれますよね」

　そう言いながら典絵がキイボードを叩く。

「うん。この年、やっぱりヨーロッパ遠征がありました。三人ともU―18とは別に、高校の選抜代表メンバーに選ばれてます」

「選抜チームとしてのミニ合宿があったんじゃないか？」

　大志郎の頭も回転を始める。

「ありました。神奈川県の港北大学保土ヶ谷グラウンドを借りて、出発前の三日間、合宿を行ってます」

「見つかったな。接点が」

「すごい、犬飼さん」

　典絵の輝くような顔を見て、大志郎は典絵を抱きしめたい衝動に駆られた。

「その合宿の部屋割りは判るか」

「ちょっと待ってください」

　典絵がキイボードを操作する。

「ダメですね。そこまでのデータは探し出せません」

「じゃあ、直接行ってみるか」

　大志郎が言った。

（根拠のない偶然に俺はすがろうとしているのかもしれない）

だが、自分の前に細い一本の道が見え始めたように大志郎は感じていた。

⚽

典絵と二人で港北大学の合宿所に向かった。

横浜から相鉄線に乗って四つ目の駅で降りる。

川沿いを歩いている途中で典絵が足を止めた。

「どうした？」

大志郎は振り向いて後方の典絵に尋ねる。

「少し坐りませんか」

典絵はしばらく考えていたが、やがて大志郎に向かって歩を進め、土手に坐った。大志郎も典絵の隣に坐る。

「たしかにノンビリとしたくなる河原だな」

芝が植えられた河原では、子どもたちが河に向かって石を投げている。緑色のユニフォームを着て、一人でサッカーの練習をしている少年もいる。

「あたし、絶対にレッズに優勝してもらいたい」

「私情を挟んでいいのか？」

「かまいません」

典絵は頬笑んだ。

「やっと巡ってきたチャンスだもん」

「渋川監督も、今期限りだろうな」

典絵は頷く。

「三人が〝消失〟したことは渋川監督にとって都合がいいことだった」

典絵は返事をしない。

「悪かった」

「いいんです」

典絵が身体を傾けて大志郎に寄りかかった。大志郎は典絵の身体をしっかりと受けた。

しばらく二人は寄り添ったまま川の流れを見ていた。

サッカーボールが転がってきた。大志郎が受け止める。ボールにはマジックで〝森本〟と名前が書かれている。

少年がボールを取りに走ってきた。

「何年生？」

典絵の問いに少年は「中二です」と答えた。

「夢はJリーガーか？」

「日本代表になって、ワールドカップに出たいんです」

「うまくいけば、六年後に出られるかもしれない」

少年は笑みを浮かべるともどっていった。

「行きましょうか」

典絵が身体を戻す。二人は立ち上がった。

二十分近く歩くと、港北大学グラウンド、および合宿所が見えてくる。大志郎は合宿所と聞いて、薄汚れた印象を頭に描いていたのだが、その予想は裏切られた。まるでホテルといってもいいぐらいの立派な建物だ。四階建てで、洗浄の行き届いた白い壁が、左右の視野いっぱいに広がっている。

玄関の守衛に名刺を渡し、所長室までの道順を教えてもらう。約束の時間より十分ほど早いが、所長はすでに待機しているようだ。

四階の所長室のドアをノックすると「どうぞ」という女性の声がした。ドアを開けると背のスラリとした女性が椅子から立ち上がるところだった。〝美人だな〟と大志郎は思った。年齢は三十代にも見えるし、二十代にも見える。

「犬飼というものですが、所長さんは？」

「わたしが所長です」

女性が笑みを浮かべながら答えた。

「それは失礼しました。昨日、電話で話した人が男性だったから」

「それは副署長の高林ですね。すみません。説明不足で」

「いえ」

大志郎と典絵は長椅子に坐った。所長が室内の冷蔵庫から麦茶を出して二人の向かいに坐った。

「所長の酒井と申します」

名刺を見ると〝酒井佐知子〟と書かれている。名刺交換を済ませると大志郎はさりげなく酒井所長を観察した。目のパッチリとした美人だ。

（熊野御堂幻花の目をパッチリとさせたらちょうどこんな感じになるのではないか）

そう思いながら大志郎は話を始めた。

「どうですか？　港北の今季の見通しは」

「そうですね。今季はかなり期待してるんです」

現在、グラウンドは港北大学サッカー部が使用している。そのサッカー部の取材という名目で今日はやって来ている。

「犬飼さん。今期の港北は帝都高校から入った二人が活躍しているでしょう？」

「そうですね。彼らは一年生とは思えない活躍ぶりだ」

今日のためにつけ焼き刃で仕入れた知識。

Ｊリーグからの誘いはあったが、それを蹴って、高い能力を秘めた二人が、帝都高校から港北大学サッカー部に入っていた。そんな話をしばらく続けた後で、大志郎は話題を転換しにかかった。

「この合宿所には、安東や山野井も泊まったことがあるんですね」

所長はハッとしたように顔を強ばらせた。

「よくご存じですね」

「これでもスポーツライターですからね。あなたこそ所長とはいえ、若いのに昔のことをよく知っている」

「わたし、彼らが泊まったとき、すでにここの所長だったんです」

「へえ」

これは思わぬ話が聞けるかもしれないと大志郎は思った。

「十代の頃に所長になったんですか？」

「わたし、もういい歳なんですよ。所長になったのは三十歳の時でした」

「そうですか。お若く見える」

所長は頰笑んだ。

「彼ら、高校時代の安東や山野井とは接触があったんですか？」

「ええ。高校サッカー界のスター選手だったでしょ。わたし自ら彼らと接触するように努めたんです。気を使っていたんですね。わたしも所長になったばかりで張り切ってたし」

「じゃあ、今回の事件では心を痛めていますね」

「もちろんです」

所長は顔を曇らせた。

「どうでしたか？　当時の彼らは」

「どうって？」

「たとえば、部屋は同じでしたか」

「ええ。同じです。安東君と山野井君。それに、福井君が同部屋だったんです」

なんだって、という言葉を大志郎は飲みこんだ。典絵と顔を見合わせる。

「その三人が、三人ともあんなことになってしまうなんて」

「三人に、何か変わった様子は見られませんでした？」

典絵が割って入る。

「変わった様子って……」

「何でもいいんです。三人そろってどこかへ出かけたとか」

典絵が質問を続ける。

「さあ。もう十年も前のことですから」

「でも、三人のことは印象には残ってるんでしょう？」

「残っています。それに今回のことがあったから記憶が甦《よみがえ》った部分もありますし」

「それは、具体的にはどんなことですか？」

「他愛もないことです。誰かが缶ビールを買ってきたとか、ファンの女の子が合宿所に訪ねてきたとか。ケンカをしたとか」

「ケンカ？」

今度は大志郎が言葉を挟む。

「ええ。代表メンバー同士でケンカがあったんです」

「誰と誰ですか？」

「西山君と安東君です」

「西山？　静岡フェニックスの」

「そうです」

「西山も一緒にいたんですか」

「そうですね。みんな高校時代から才能あったから、だから代表にも選ばれたし、その後、Jリーグでも活躍できてるんだと思います」

「相手は安東なんですか？」

「ええ」

「確かですか？」

「ええ。かなり驚いたから、忘れる訳がありません」

「どんなケンカだったんです？　口喧嘩とか、殴り合いとか」

「殴り合いです」

所長が静かに言った。

安東と西山の殴り合いか。見たかったような気もする。だが、西山に勝ち目はなかっただろう。

「怪我人は？」

「救急車を呼ぶような怪我はありませんでした。医務室で休んで、傷薬をつけて、それで終わったと思います」

「それ、西山の方ですよね？」

「そうです」

大志郎は頷いた。

「ケンカの原因は何だったんですか」

「それはよく覚えてないんです。わたしが気づいたときにはもう殴り合ってたから」

「そうですか。ではケンカの他に、何か変わったことはありませんでしたか」

「ほかには、特に変わったことは思い出せないですね」

「もし思い出したら連絡をくれませんか」

「わかりました」

「安東と西山のケンカの原因についても」

大志郎が言うと、酒井所長は頷いた。

10

高校時代の選抜チームの合宿に何かある。

(それはまちがいない)

大志郎はそう思った。

一連の事件の当事者である安東、山野井、福井の接点がどうしても見つからなかった。それが見つかったのだ。

三人は、合宿で同部屋だった。

(そして、安東と西山が殴り合いのケンカをしている)

その原因をどうしても確かめないといけない。大志郎は典絵に、西山へのインタビューを頼んだ。Jリーグ自体が騒然としているから、面識のない者の取材は断わられる可能性が高い。典絵も西山とは面識がないが、渋川監督に関するノンフィクションを書いていることはJリーガーたちには知られているから、取材を受け入れてくれる可能性が大志郎よりは高いと判断したのだ。

案の定、西山は練習前の数分間、インタビューを受けることを承諾してくれた。

大志郎と典絵は、静岡フェニックスホームスタジアム、駿河スタジアムに向かった。

午後一時。練習開始まで一時間ある。指定された控え室まで行くと、まだユニフォームに着替えていない西山智之がいた。自己紹介を済ますと、大志郎、典絵は西山と向かい合って丸椅子に坐った。

静岡フェニックスで福井と2トップを組んでいた西山智之は大阪出身のフォワードで、日本A代表も経験しているスター選手である。童顔のせいか、女性ファンが多い。

最初は典絵が、ワールドカップアジア予選の話からインタビューを始めた。次に第二ステージの優勝争いに話を進める。典絵が西山に質問を発するが、西山は答えない。顔に微かな笑みを浮かべている。

「どうしたんですか？」

「なんだか、インタビューが上の空やなあ」

典絵も、大志郎も虚をつかれた。

「ごめんなさい。決してそのようなことは」

「隠さなくてもええよ」

西山の顔も、決して怒っているようには見えない。

「福井のことを聞きたいんやろ？」

大志郎と典絵は顔を見合わせる。

「実は、そうです」

典絵が悪びれずに言った。

「そやけど、話すことなんかあまりないなあ。プライベートじゃつきあいなかったから」

「高校時代は？」

大志郎が口を挟んだ。

「高校？」

「そうです。高校の選抜チームで一緒だったでしょう」

「よくそんな古いこと知ってるね」

「ちょっと気になることがあったものですから」

「なんや、気になることって」

「実は、西山さんはそこで、安東とケンカをしてますね」

「え？」

西山が丸い目をさらに丸くした。

「おどろいたな」

西山はまじまじと大志郎を見つめる。

「どうしてそんなこと知ってるの」

「いろいろな人に取材をしている過程で、保土ヶ谷の合宿所の所長さんに話を聞く機会があったんです」

「へえ」

「そのときに、西山さんと安東さんのケンカの話が出て」

「懐かしいね」

西山は顔を下に向けた。

「だけど僕にとってはあまりいい思い出とは言えんわ」

「原因は何だったんでしょうか。ケンカの原因ですけど」

「廊下ですれ違ったとき、肩が触れた」

「え？」

「それだけや。それだけで安東がケンカをふっかけてきよった」

「それだけですか？」

「そうや」

「もっと他に、深い原因はなかったんですか？　たとえば安東の秘密を偶然見てしまったとか」

「ないない」

西山は手を左右に振った。

「ほんまにそれだけや。当時の安東は狂犬みたいなものだったから」

「そうですか」

大志郎は拍子抜けする思いだった。

「みんな若い男だからね。体力が有り余ってたんやろな。それが狭い合宿所に閉じこめられて」

「ケンカはどの程度のものだったんでしょうか」

「一方的に殴られて終わりや。安東とつるんでた山野井や福井にも一発ぐらい蹴られたかもしれんわ」

「福井や山野井にも？」

「もしかしたらってことや。あいつらつるんでたから。詳しいことは、よう覚えとらん」

西山は立ち上がった。

「もうええやろ。あんまり面白くないこと思い出したで」

「ごめんなさい」

典絵が頭を下げた。大志郎と典絵は、退室した。

西山への取材は、あまり実のあるものとは言えなかった。

大志郎は喫茶店でアイスコーヒーを飲みながら考えた。安東と西山が殴りあいのケンカをしたことは確かめられたが、それは単に肩が触れあったことに因縁《いんねん》をつけられただけで、大した意味はなかった。

(おかしい)

原因は、必ずあの合宿にある筈なのに。そこにしか三人の接点はないのだ。

大志郎はもう一度、酒井所長との面談を思い起こした。話の中で、何かヒントになる様な言葉は出なかっただろうか？

ストローでアイスコーヒーをかき回す。

(酒井所長が安東たちについて覚えていること)

大したことは覚えていなかった。あの時、酒井所長はどんなことを言っただろう？

——他愛もないことです。誰かが缶ビールを買ってきたとか、ファンの女の子が合宿所に訪ねてきたとか。ケンカをしたとか。

大志郎は考える。

ケンカにはあまり意味はなかった。

（あ）

大志郎の頭脳に、酒井所長の言葉が渦巻いた。

――ファンの女の子が合宿所に訪ねてきたとか。


（これだ）

ケンカに意味がなかったのなら、こっちを当たってみることだ。安東、山野井、福井が合宿をしていたときに、ファンの女の子が訪ねてきたのだ。

このことに意味があるのかどうか判らない。ケンカと同じように、大した意味などないのかもしれない。だが三人の接点が合宿にしかなく、しかもその短い合宿の最中に、些細な出来事とはいえ当時の所長が覚えているほどの出来事があったのだ。

（調べてみる価値はある）

大志郎は携帯電話を取り出し、酒井所長の番号をプッシュした。

⚽

大志郎は再び、今度は一人で保土ヶ谷合宿所を訪ね、酒井佐知子所長と向き合った。

「何度もすみません」

酒井所長は笑みを湛えているが、少し呆れた様な顔もしていた。

「先日お話をお伺いしたときに、当時のことで覚えていることとして、安東と西山のケンカと、それにもう一つ、ファンの女の子が訪ねてきたと仰《おっ》しゃいましたね」

「ええ」

「そういうことはよくあるんですか？」

「たまにありますね」

「でもよく覚えていますね。たまにあること、何でもないことの筈なのに、十年も前にファンの女の子が訪ねてきたことなんか」

「それは……」

酒井所長は言い淀んだ。

「何か、記憶に残るようなことが起きたんですか」

酒井所長の顔から笑みが消えている。

「教えてください」

「でもこれは、選手には直接関係のないことですから」

「いいじゃないですか。ライターとしては興味ありますね。脇道にそれた話でも」

大志郎は酒井所長の潤んだような瞳を見つめた。

「ある少女が自殺したんです」

「自殺？」

「ええ。高校二年生の女の子が、雑木林《ぞうきばやし》の中で首を吊って。新聞の地方版に小さく出ただけですから、誰も覚えていないと思いますけど」

「あなたはどうして覚えているんですか」

「その少女が、合宿に訪ねてきた子なんです」

唾を飲みこもうとしたが、なかなか飲みこめない。ついに事件の核心に触れたのかもしれない。大志郎は手で額の汗をぬぐった。

(焦るな)

大志郎は心の中で自分に言い聞かせる。

「その子はどの選手のファンだったんですか」

「福井選手です」

「福井の？」

「大ファンでした」

酒井所長は立ち上がった。

「少女と福井君がロビーで談笑してる姿を今でも覚えています」

「その子、どうして自殺したんですか」

「さあ。詳しいことは何も……」

「そうですか。その子の名前は判りますか」

「判りますよ」

大志郎は心臓の鼓動が激しくなるのを感じる。

「覚えようとした訳じゃないんですけど、忘れられなくて」

「わかります。なんていう名前ですか」

「田中、恵理という名前でした」

「田中……」

ようやく犯人のパス筋が読めてきた。だがそろそろカウンターを食らわせないと、ゲームセットになってしまう。

⚽

大志郎は合宿所からほど近い公園から、携帯電話で典絵に連絡をした。

——もしもし、典絵か。俺だ。

——何かあった?

大志郎は手短に酒井所長から得た情報を典絵に伝えた。

——どう思う?

——なんとなく、輪郭が見えてきたんじゃない?

——ああ。

——その女の子の名前が田中ということは。

——すべて符合するよ。

安東が「田中に殺されるかもしれない」と言っていたこと。その〝田中〟という名前と、安東、山野井、福井が初めて繋がったのだ。

——断定は出来ないし、すべて憶測の域を出ないけど、もしかしたら田中恵理という女の子が自殺した原因が、安東、山野井、福井の三人にあったとしたら……。

安東が「田中に殺されるかもしれない」と怯えていた事実……。

——復讐かもしれない。

返事はない。おそらく電話の向こうで頷いているのだろう。

——少女は、安東、山野井、福井の三人が原因で自殺した。そう考えると、すべて辻褄《つじつま》が合う。

——三人の何が少女を自殺に追いこんだの？

——それは……。

大志郎の脳裏に陰惨な光景が浮かんだ。だが、まだ憶測の域を出ない。

——今どこにいる？

——渋谷です。

——車で？

——ええ。

——すぐそっちに行く。車を使わせてくれ。
——犬飼さん、自分の車は？
——売ってしまった。
——どうして。
——しょうがない。金が必要だったんだ。
——そう。言ってくれればよかったのに。
——急いでたんでね。
——行きたい所ってどこですか？
——田中のところさ。

大志郎は待ち合わせの場所を告げると、電話を切った。

待ち合わせの場所に着くと典絵のスターレットはすぐに見つかった。助手席に坐って、どことなく落ち着かない気持ちを大志郎は味わっていた。人の車の助手席、ということもあるだろうし、典絵の服装に原因があるのかもしれなかった。膝上十五センチはあろうかというタイトのミニスカート。

（典絵が汗かきなのは知っているが、その薄着のせいで振り回される男も多かっただろう）

大志郎はそんなことを考えていた。

「田中さんの奥さん、どんな人なんですか」

「え？」

田中陽一のことを言っているのだろう。

「ご存じなんでしょう？」

「ああ。知ってる。でもまさか、田中の奥さんにライバル心を燃やそうなんて言うんじゃないだろうな」

「ちがいますよ。ただ、目はパッチリしてたかな、と思って」

大志郎は数秒間、典絵の言った言葉の意味を吟味した。

「すごいことを考えるんだな、君は」

「だって」

自殺した田中恵理との接点が福井にはあった。田中恵理が自殺した原因を作ったのは福井、安東、山野井の三人ではないか。

今回の一連の事件は、田中恵理の身内の者が彼ら三人に復讐を企てたものなのかもしれない。

「田中陽一がやっぱり犯人だったたっていう原点に戻れか」

「ちょっと思いついただけです」

「だけど田中と奥さんは別居状態にある。とても殺人の共犯はしないだろう」

「別居はカモフラージュということも考えられるわ」

「でも田中恵理が田中陽一の身内かどうかは調べれば判るぜ」

現時点では、田中恵理について何も判っていなかった。

所長に聞いた話は十一年前のものだが、合宿所にも新聞社にも記録は残っていない。あとは警察の記録が頼りだが、まだ問い合わせていない。

「なにも田中陽一さんの妹である必要はないんじゃないかしら。田中なんてありふれた苗字だから、ぐうぜん恋人どうしが同じ苗字だったとか」

「でもそれだと奥さんが協力する必然性が薄くなる」

典絵がスターレットを停めた。〈女神の御霊〉の本部に着いたのである。

「わたしは社に戻ります」

「ああ」

大志郎はスターレットを降りた。

「大志郎さん。まさか殺されたりしないでしょうね」

「だいじょうぶだ」

大志郎はドアを閉めた。

勝田という男に〈イナリ〉が買いたいと告げると、大志郎は熊野御堂幻花の部屋に通された。

(幻花と二度目の対面だ)

それが仕事着なのか、幻花は今日も黄色と黒のボディコンワンピースを着ていた。

「また来ると思っていたわ」

幻花は男の心臓をえぐり取るような、よく通る声で言った。

「あなたと私は縁があるような気がするの。教祖と信者というだけでなく、もっと深い縁が」

「そうでしょうか」

「そうよ。あなた、普通の人間とはちがうもの」

「普通とちがう？」

「ええ。軽そうな男に見えるけど、本当はとても冷静だわ。頭もよさそう。でも珍しいわ。あなたみたいな人が宗教に興味を持つなんて」

「ぼくは哲学的な人間なんですよ」

「わかるわ」

幻花は満足げに頷いた。

「お金は持ってきた？」

「ええ」

大志郎はバッグから紙封筒を取り出す。中には十万円が入っている。自分の車が十二万円で売れたのだ。まだ自動車保険を解約していなかったことを思い出す。

幻花は大志郎が差し出した封筒を受け取ると素早く中を確かめて、ベッドの脇の金庫にしまいこむ。

棚からイナリを取ると、大志郎の前のテーブルに置いた。

「持ちにくかったら受付で袋をもらってちょうだい」

「これ、使えるんですか？」

「もちろん使えるわ」

幻花は急に笑顔を引っこめた。

「使った人もいるのよ」

大志郎は唾を飲みこんだ。

「犬飼さん。あなた、サッカーはどれぐらいのレベルなの？」

「サッカーですか」

「ええ」

「全国大会には出られなかったけど、星城高校という高校のサッカー部のフォワードでした」

「すごいじゃない」

幻花の眼が鈍く光る。

「あなたなら参加できるかもしれないわね。神々との戦いに」

「神々との……」

「あなた、『亜空間通信』は読んだ？」

「ええ。この間、勝田さんから何冊かもらいました」

「そこに私の神言詩が載ってるんだけど、これが一種の予言なの。その予言が恐いほど当たるのよ」

幻花の口調が少しくだけてきた。

（幻花は何を言おうとしているのだろう）

大志郎は幻花の口元を見つめる。

「人類は亜空間で神々と戦いをしなくちゃいけないの」

「サッカーの試合ですね。『亜空間通信』に出てました」

「そのメンバーがあと八人足りないのよ。あなた出てくれない？」

「決まった三人は誰ですか」

「スターティングメンバーはまだ発表できないわ」

幻花は顔一杯に笑みを作った。

「亜空間というのはどこですか」

「そのうちに判るわ」

深追いするべきかどうか、大志郎は考えた。

「勝てるんですか？　神々との戦いに」

「メンバー次第ね」

「監督は誰ですか？」

「渋川徳治郎」

一瞬、あまりにも聞き慣れた名前で、かえって誰のことか判らなかった。

「渋川監督ですか？　浦和レッズの」

「おどろいた？」

幻花はいたずらっぽい笑みを作った。

「おどろきました。まさかあの渋川監督が」

「信者なのよ。〈女神の御霊〉の」

大志郎は呆然とした。

「そんなにおどろかないでもいいでしょう？」

「あ、いえ」

幻花はなおも笑みを絶やさない。

「意外だわ。あなたが狼狽するなんて」

「そんなことはない。魅力的な女性と二人きりになるなんて状況に追いこまれたら、俺はいつだって狼狽してしまう」

「やっぱりあなた変わってるわ。普通この部屋に来る人は、教祖と信者という関係から離れられないもの。あなたみたいにあたしたちを男と女と考える人はいないわ」

しまったと大志郎は舌打ちしたい思いに駆られた。自分の意図がこの女には看破されてしまうのではないか？

「でも、そんな人も、うちには必要かもしれないわね」

幻花は微かに身体をくねらせた。

⚽

一人になって考える必要があると大志郎は感じた。

実際に〈女神の御霊〉に入信して、外からは判らない様々なことが見えてきた。〈女神の御霊〉の組織構成、御神体、そして……。

いちばん重要な情報は、渋川徳治郎が〈女神の御霊〉の信者だったということだ。

大志郎は典絵と別れ、一人で自宅に戻った。

(渋川監督は、いったいどうして〈女神の御霊〉に入信したんだ)

およそ渋川監督と新興宗教はそぐわない気がした。渋川監督は人一倍の頑固者だ。神にすがろうなどとは死んでも思わないタイプに見える。それなのになぜ〈女神の御霊〉に入ったのか?

そこに秘密があるような気がした。

(もしかしたら)

大志郎の脳裏に、ある仮説が閃いた。

(まさか)

突飛な仮説に思える。だが、そう考えると、辻褄が合う。大志郎は自分の仮説を、頭の中で検証した。間違いはないように思える。

大志郎は確信した。

(やっぱり真相はそういう事だったのか)

脳裏に渋川萌の顔が浮かんだ。そのパッチリとした眼が。そして渋川監督の顔……。険しいその顔が、なぜか哀しげに見えた。

大志郎と典絵は〈ボランチ〉で水割りを飲んでいた。太田黒に呼び出されたのだ。

「なんだか苦しくなってきたじゃねえか、渋川監督は」

太田黒はいつもよりペースが早いようだ。

大志郎はマスターに水割りのお代わりを要求する。典絵が「あたしも」と続いた。

「渋川監督も大変なんだろうよ。なんせ神軍との戦いもあるらしいからな」

太田黒が言った。

「おどろいただろ？」

「ああ。お前さん、刑事の才能があるぜ」

太田黒が誉めてくれたのはおそらく初めてだろうと大志郎は思った。自分の持っている情報を洗いざらい話して市民としての務めを果たしたお礼だろうか。

「すべては渋川徳治郎を中心に回っていたんだ」

「そうとばかりは言い切れめえ。渋川監督が入信したのは一年前だ。安東、山野井、福井よりずっと新しい。渋川監督は単に日本一になりたいがための神頼みというつもりで入ったのかもしれん」

「あの頑固オヤジが？」

「七十歳だぜ。最後のチャンスと思ったら何だってやるさ」

「その『70才』がダイイング・メッセージだったな」

「ふん。お前さん、自分の説が再浮上したと思って喜んでるようだが、それはちがうぞ」

「田中恵理さんのことは何か判ったんですか？」

「それが皆目わからない状態でしてね。なんせ十年も前の話の上に、名前が田中なんて平凡な名前だ。当時の担当者を探そうにも、警察側も新聞社側も異動の連続で見つけるのに一苦労。やっとそれらしき人物を見つけても、事件のことは覚えてないときてる。何新聞に載ったのかが判らないから大変だよ」

「警察の記録に残ってないのか？」

「残ってないさ。事件性がないからな」

「そうか」

「こうなると地方新聞に載ったって話も怪しくなってくる」

「あの所長さんは嘘をつくような人には見えなかったけどな」

「お前さんの人を見る目を信じても始まらないが、仮にそうだったとしても十年前の話だ。勘違いということは充分あり得る」

「でも、少なくとも福井の部屋を訪ねた田中恵理という少女が自殺したことは事実だろう。そしてその原因を作ったのが福井、安東、山野井の三人であることも。じゃなかったらあの三人が宗教に走ったりするもんか」

「奴等なりに罪の意識に苛《さいな》まれていたとでもいうのか。それで宗教に走ったと」

「意識してか無意識のうちにかは別にして、そういうことだろう」

「熊野御堂幻花さんのことはどれくらい判ってるんですか？」

典絵が太田黒に訊いた。

熊野御堂幻花の本名は田中佳子。田中恵理を直接調べられないのなら、捜査線上の田中姓の人物を逆にたどってゆくしかない。

「今は大金持ちだが、それまでの境遇はあまり恵まれてたとは言えませんでね」

太田黒が珍しくしんみりとした口調になる。

「年齢は四十三歳。元々は新体操の選手だったんですな」

幻花のしなやかな肢体が思い出される。

(元々自分がスポーツ選手だったから、自然にスポーツ選手が集まるようになったのかもしれない)

大志郎はそう思った。

「本名は田中佳子。宮城県釜石市の出身です。兄弟はいません。もちろん、妹も」

「子どもは？」

「一人いるぜ。十歳の息子がな」

「息子か」

「この子は重度の二分脊椎症なんだ」

「それも重症で、両足の機能が完全に麻痺してる。知能も未発達だ」

「ニブン、セキツイ？」

大志郎はその事はまったく知らなかったし、世間的にも知られていない事実だろう。

「その子はベテル日比谷にこもりっきりだ」

「あの建物の中にいたのか」

「思えば幻花が金の亡者《もうじゃ》になったのも、元々は息子の医療費を稼ぎ出すためだったのかもしれん」

「息子の父親は？」

「行方不明さ」

「山野井たちの保険金はもう受け取ったのか？」

「まだだが、保険会社も払わざるを得ないだろう。自殺なんだからな」

「福井の分は？」

「やつは保険には入ってねえ」

「入ってない？」

「ああ」

「十二使徒じゃなかったのか」

「そんなことも知らなかったのか」

「俺はまだ〈女神の御霊〉じゃ下っ端なんでね」

「まあいい。たとえ下っ端でも実際に入信したんだ。少し説明してもらおうか。〈女神の御霊〉のことを」

「わかる範囲でいいなら説明しよう」

「わからない範囲のことを説明できる人間がいるのか？」

大志郎は太田黒の揚げ足取りを無視して話し出した。

「〈女神の御霊〉は平成九年に設立された。現在、信者数は一万人強。御神体は三玉天神《みたま》という怪しげな像で、これは視力、体力、判断力の三つの珠《たま》、すなわち三珠、御霊《みたま》を表わしている」

「十二使徒ってのは何だい」

「教祖である熊野御堂幻花直属の十二人の幹部さ。彼らはそれぞれ九人の部下を持っていて、その九人の下にもそれぞれ十一人ほどの氏子《うじこ》がいる」

「幻花さんはいつ頃から宗教の世界に入ったのかしら」

「新体操をやめたあとに入った精神修行の会がきっかけだったらしい。それに、もともと宗教家としての資質があったんだろう。彼女は向いているよ」

大志郎は幻花の、人の心を鷲摑みにするような声を思い出した。

「何も人殺しまでしなくてもいいものをなあ」

「彼女は犯人じゃない」

「彼女以外に誰が安東や山野井を自殺に導くことができるんだよ」

「あれは自殺じゃない。自殺だったら安東がリモコンを使う必要がないし、山野井がダイイング・メッセージを残すわけがない」

「じゃあ他殺だったら、どうやって犯人は安東を楠公像の上に登らせて、山野井の部屋の内側から粘土を被せて、福井の死体を空中で消したんだ？」

「福井が自殺だったら死体は空中で消えやしないだろう」

「幻花だったらできるかもしれん。公言していた人間消失をやってみせたのさ」

「犯人は渋川親子だ」

「まだそんなことを言っているのか」

「俺はしつこいんだ」

「根拠は？」

「渋川監督が〈女神の御霊〉軍の総監督だと知って確信を持った」

「動機は日本一になりたいためか？」

「それは判らない。田中恵理という少女と何らかの繋がりがあるんだと思う。いずれにしろ渋川監督は、三人を殺すために、三人を追って〈女神の御霊〉に入信したんだ」

それ以外に、あの頑固者の渋川監督が〈女神の御霊〉に入信する理由はない。大志郎はそう確信したのだ。

太田黒は肩をすくめて典絵を見る。

「いいんですか？　お嬢さん。こんなことを言わせておいて」

「犯人は福井さんだと思います」

典絵が断定した。大志郎は驚いて典絵を見た。

「なぜです」

「福井さんの死体だけがない。理由はそれだけです」

典絵はそう言うと申し訳なさそうに首をすくめた。

「その場合、動機はどうなります？」

「たぶん、福井さんが原因で田中恵理という少女が自殺した。そのことを安東さんや山野井さんが知っていて……」

「口封じ？」

大志郎が訊くと、典絵は頷いた。

「ふうむ」

太田黒はわざとらしく腕を組む。

「どうも、ちがうような気がしますがね」

「とにかく、俺はもう一度渋川監督に突撃取材を敢行してみる」

「幻花にも当たってみてくれ」

「あんたがやればいいだろう」

「捜査費が出なくてね。イナリが買えないんだ」

太田黒は苦い顔をして水割りを飲み乾した。

⚽

幻花の誘惑を拒否した、大志郎は初めての信者だろう。

イナリを買ったあと、幻花は大志郎をベッドに誘った。幻花の肢体は充分に魅力的だった。

(だが、俺には典絵がいる)

大志郎はそう自分に言い聞かせた。それに、少々恐かったことも確かだ。怪しげな巨大組織の教祖と関係を持ってしまうことが。

大志郎は三度《みたび》、幻花の部屋を訪ねた。

今日はオフなのか、幻花はジーンズに白いTシャツという服装だった。だが、なぜかタイトドレスの時よりもセクシーに見える。

「何の用なの？　今日は本当は信者に会う日じゃないのよ」

「すみません。でもどうしても会いたくて」

「なにかしら」

対決に来たんです、という言葉を大志郎は飲みこんだ。

「懺悔に来たんです」

「まあ不思議ね。わたし神父でもないのに信者のかたがみんな懺悔に来るのよ」

「人徳ですよ」

「神徳よ」

幻花はベッドに腰掛けた。

「実は僕は本気で〈女神の御霊〉の教義を信じてるわけじゃないんです」

ついに言ってしまったと大志郎は思った。

(幻花は怒るだろうか?)

だが、幻花は薄笑みさえ浮かべている。

「すみません」

「いいのよ。そんな気がしていたわ。本気で信じていたらわたしの誘いを断わるわけないものね」

「雑誌のライターというのは本当です」

「〈女神の御霊〉の実態を暴きに来たの?」

「ちがいます。僕が追っているのは、安東、山野井殺しの犯人なんです」

「犯人？　あの人たちは自殺でしょ？」

「そう思いますか？」

「警察がそう断定したんじゃなかったかしら」

「でも、真実はちがうところにあるような気がするんですよ」

大志郎は幻花の目を見つめる。細いが、妖しげな光を発する目。

「彼らはどうして〈女神の御霊〉に入信したんですか？」

「悩みがあったのよ、彼らなりに」

「どんな悩みですか」

「彼らはね、昔、人を殺したの」

「え」

大志郎はしばらく言葉に詰まった。

「人を？」

ようやく言葉を絞り出す。

「そうよ」

「まさか」

「本当よ。福井さんがわたしに話してくれたのよ」

「聞かせてください。どんな話ですか」

「ベッドで話すわ」

幻花はジーンズのジッパーを降ろした。

「待ってください」

「いやなの？　でもわたしの言うことを聞かないと喋らないわよ」

幻花はジーンズを脱ぎ捨て、Tシャツとショーツだけの姿になった。

「女と男の関係にならなきゃ話せないような話なのよ」

取材のため、という免罪符を、心の奥の引出から引っ張り出していいものかどうか、大志郎は迷い始めた。


大志郎は渋川監督に再びインタビューをする段取りをつけた。

首位争いは混沌としている。首位は静岡フェニックスだが、二位浦和レッズとの差は勝ち点二に過ぎない。

一位　静岡フェニックス　　　　（十一勝二敗三分）
二位　浦和レッズ　　　　　　　（十一勝四敗一分）

三位　東京スターボウ　（十勝五敗一分）
四位　横浜F・マリノス　（九勝四敗三分）
五位　鹿島アントラーズ　（八勝五敗三分）

第二ステージも、最終戦を残すだけとなっている。

二位につけているとはいえ、それまで快調に首位を走っていた浦和レッズにしてみれば、この位置はなんとも歯がゆいものだろう。浦和レッズにとっても渋川監督にとっても、手が届いていた筈の初優勝がまだ確定していないのだ。気分のいい渋川監督と会いたいという大志郎の願いは砕け散ったといっていい。

インタビューは試合が終わったあとの深夜、都内の渋川監督が宿泊する部屋で行われた。

「データによると、たとえ追いつかれて抜かれても、元々首位だったチームの優勝する確率は高いんです」

「無駄口を叩くな」

渋川監督は一人でビールを飲んで、大志郎には勧めなかった。「すわれ」とも言わない。

大志郎は勝手にソファに坐った。

「〈女神の御霊〉の信者だそうですね」

監督がギロリと大志郎を睨む。

「僕は、安東、山野井、そして福井を殺害した犯人を追ってるんです」

「奴等が殺されただと？」

「そうです」

「ばかばかしい」

「三人とも〈女神の御霊〉の信者だった」

「そんなことは知ってる奴は知ってる」

「監督はどうして入信したんですか？」

「貴様に話してなんになる」

レッズが二位以下にぶっちぎりの差をつけていたら、もう少し言葉が変わっていただろう。

「聞きたいんです」

「個人の問題に立ち入らんでもらおうか」

「そうですか。仕方ないですね」

おそらく監督は〈女神の御霊〉のことを突かれて動揺している筈だ。だがそれを顔に出すような人物でもない。

「田中恵理という少女についてお話を聞きたいんですが」

「田中恵理？　知らんな、そんな子は」

「知らない？　そんな筈はないでしょう」

「くだらん質問をするなら帰ってくれ！」

監督が怒りだした。

（本気だろうか。それとも演技？）

大志郎には判断がつかなかった。

「福井は今、どこにいると思いますか？」

大志郎がキラーパスを放つ。

「警察も知らんことをなぜわしが知っとるんだ」

「そうでした。ただ、福井とお嬢さんは、つきあっていた。お嬢さんもさぞ心配だろうと思いまして」

「あんな男に娘はやらん」

「あんな男？」

渋川監督の眉間に皺が寄った。

「あんな男とはどういう意味ですか？」

「出てけ！」

大志郎はしばらく渋川監督を見つめたあと、丁寧な挨拶をして部屋を出ていった。

『週刊ヴァーチャル』編集部、すなわちスタープレス社の社員全員が臨時招集された。社長の星野仙夢、黒木典絵、小板橋圭、沢シゲ子が集まっているところに、最後に犬飼大志郎が姿を現した。

「どうしたんです？　臨時招集なんて」

入ってくるなり大志郎は星野に尋ねた。

「今さっき確認が取れた。福井の遺体が発見されたとよ」

「え」

大志郎はおどろいた。

「本当ですか？」

「本当だ。警察の発表があった」

「それは……」

大志郎は二の句が継げなかった。

「しかもバラバラ遺体ですよ」

小板橋が言った。

大志郎は思わず典絵を見た。典絵は大志郎の顔を見て頷いた。

「場所は埼玉県狭山湖畔の竹藪の中です」

「ケータイを使って探検隊ごっこをしていた小学生の男の子と、その父親が発見したんです」

「バラバラというのは」

ようやく大志郎は言葉を探し出す。

「首と手と足が見つかっています。現在、現場付近で胴体を探索中です」

典絵が答える。

「どうなってんだよ」

星野が頭をかきむしりながら言う。

「どうしてバラバラにされたんだ？」

「その辺のところは警察が調べてくれるんじゃないのかな」

「小板橋。これはわれわれが解決すべき問題なんだよ」

星野が小板橋に言う。

「どうしてですか」

「うちには関係者が三人もいるだろうが」

「三人？」

「ああ。まず『７０才』の執筆をしていた黒木典絵。それに小板橋、お前だ」

「僕が?」

「そうです。お前は山野井に会っただろうが」

「典絵ちゃんについていったことはありましたね」

「それに犬飼」

「俺が?」

大志郎は大きな声を出した。

「とぼけなくてもいい。黒木と一緒にいろいろ調べてくれているそうじゃねえか」

大志郎は典絵を見た。典絵は澄ました顔でビタミン剤を口に放りこんでいる。小板橋がつまらなそうに顔を背けた。

「まあいい。誰であれ、うちの人間が真相を解明してほしいんだよ」

「警察は熊野御堂幻花をマークするでしょうね」

小板橋が言う。

「人間消失だな。でもあれは口だけで、実行されたことはないそうだな」

「でも福井さんは、自殺じゃないってことだけはハッキリしています」

典絵が言った。

「いくらなんでも自殺じゃあ自分の首と胴体を切り離すことはできないからね」

「犯人が牙をむいた」

大志郎が言った。

「どういうことだ?」

「今まで犯人は自分の犯行を自殺に見せかけていた。ところが今回は堂々と首を切って他殺を宣言している」

大志郎の言葉に、みなは押し黙った。

「ハットトリックか」

「なんだ?」

「いや、こっちの話です」

犯人は得点を三つ重ねた。安東、山野井、福井。こちらは何の反撃もできないでいる。

(三つの得点を、オウンゴールに切り替える方法はないものか)

大志郎は煙草に火をつけた。

⚽

警察本部の通信司令センターに一一〇番通報が入った。女性の声だ。だがその女性の声は、やけに落ち着いていた。

——はい、こちら一一〇番。事件ですか? 事故ですか?

——話したいことがあるのよ。

——話したいことですか。

——そう。福井のことで。

——福井?

——静岡フェニックスの福井。殺された福井。

オペレーターの顔に緊張の色が浮かんだ。

——もしもし。どういう事でしょうか。

——あなたには話せないわね。誰か偉い人を出してちょうだい。

電話の向こうで、ライターに火を点ける音がした。

## 11

岩間が指定してきた待ち合わせの場所は赤坂のミスタードーナツだった。

腰掛ける椅子が小さくて太田黒には窮屈だ。しかも狭い店内に男性は太田黒一人。あとはみな若い女性だった。

落ち着かない気持ちのままハニーディップをパクついていると岩間のにやけた顔が現れた。

「刑事《デカ》がこんな場所を待ち合わせに使うな。目立ってしょうがねえ」

「すいません。でもここ、コーヒーフリーなんですよ」

岩間は悪びれる様子もなくオールドファッションを食べ始めた。

「胴体はまだ出ねえのか」

「まだです。でもこれは犯人を捕まえて吐かせれば済むことですから」

「誰なんだよ犯人は！」

店内の若い女性たちが一斉に太田黒を見る。

「それを調べるのがわれわれの仕事です」

「お前がそれを忘れてなくて安心したよ」

太田黒は溜息をついた。

「釜石へ行け」

「釜石？」

「熊野御堂幻花の生まれ故郷だ」

「はあ。でも」

「遠いか？」

「い、いえ。そんな事はありません」

福井幹夫の死が他殺と断定されたことで警視庁に改めて捜査本部が設置された。

「十年前、全国大会が終わったあと、選手たちはヨーロッパへ遠征するために選抜チームを編成した」

太田黒が高校サッカーの話を始めた。

「安東、山野井、福井も選ばれたんですよね」

「ああ。しかも遠征前のミニ合宿でやつら三人は同部屋だった」

「そこへ田中恵理が訪ねてきた」

「そうだ。田中恵理は当時十七歳ぐらい。福井の大ファンで福井の部屋、つまり安東や山野井との共同部屋に出入りするようになる」

「危ないなあ」

「三人とも精力があまってる年代だ。しかも安東と山野井は普段から女っ気の全くない寮生活を続けていたし、もともと悪の匂いがあったという噂もある」

「狼の群れに羊を投げこむようなもんじゃないですか」

「そして実際、その通りのことが起きちまった。田中恵理は安東、山野井、福井の三人に輪《ま》姦《わ》された」

岩間が息を呑んだ。

「恵理のショックは大きかった。彼女は自殺した」

「それ、記録に残ってるんですか？」

「記録には残ってねえ。福井が熊野御堂幻花に懺悔したのさ」

「福井が……」

「ついさっき、幻花から警察に電話があってな」

「そうなんですか」

「福井の死体が発見されて、幻花も黙ってる訳にはいかなくなったんだろうよ。自分との関係はどのみちつきとめられるだろうからな」

「で、そのことと僕の釜石行きとどういう関係が？」

「にぶいなお前。この事件の真犯人《ホンボシ》は幻花なんだよ」

「なぜ？」

岩間の目には真剣な光が宿っている。

「いきなりそういう根元的な質問されてもなあ」

太田黒はぼやいた。

「幻花が犯人なら、福井の懺悔をわざわざ言わないでしょう」

「誰かを陥れようとしてるのかもしれん」

「誰を」

「知るか。幻花に訊け」

「でも、幻花が犯人だなんて」

「幻花の本名が田中であることを忘れたのか？」

「でも幻花の戸籍からは田中恵理という名前は、たどれなかったんでしょう？」

「産まれた子を届け出ない人間がいてもおかしくねえだろう」

「田中恵理が幻花の子どもだっていうんですかァ？」

岩間が頓狂な声を上げる。

「年齢的にはあり得る」

「でも、出生届を出さない人なんているのかなあ」

「他人の子どもとして出す可能性も考えられるだろうが」

「あ、そうか。でもそれ調べるの大変ですよ」

「お前の職業は何だったたっけ」

「言いませんでしたっけ。僕、本当は画家になりたかったんです」

怒る気力もなくした太田黒は残りのハニーディップを口に入れた。

⚽

犯人との試合《ゲーム》はロスタイムに突入したのかもしれない。

事件の輪郭が見えだしたが、警察は何一つ証拠を摑んでいない。それどころか、容疑者を絞ることさえできない。犯人はそろそろゲームを終えようとしている。

（いったい、このゲームを演出したファンタジスタはどこにいるんだ）

大志郎は集躁感を募らせていた。

「進退窮《きわ》まりましたな」

マスターが大志郎に話しかけた。

「浦和レッズですよ」

「そっちか」

第二ステージ途中までは、レッズサポーターは第一ステージと合わせての完全優勝を安心して信じていられた。もちろん、今でも最終戦に勝てばそれが成し遂げられるのだが、安心して、という訳にはいかない。

大志郎と典絵と太田黒は、今日も〈ボランチ〉に来ていた。

「刑事さん。捜査本部が置かれて捜査がやりやすくなっただろう」

「ことはそう簡単じゃねえ」

太田黒が水割りを呷る。

「たしかに安東や山野井の死因についても再調査の許可が下りたがな、犯人《ホシ》は証拠《シッポ》を残しちゃいねえ」

「よっぽど頭のいい犯人だな」

「不思議な事件だぜ。大の大人が銅像の上に跨ったり、密室の中にダイイング・メッセージが残されていたり、人間が空中で消えたり」

「案外、真相は単純なような気がする」

大志郎が言った。

「単純だと？」

「ああ」

「どこがだ。この複雑怪奇な事件がよ」

「そう見えるだけさ。俺たちは3D画像のように、一見、複雑そうな絵を見せられているだけなのさ。見方さえ判れば単純明快な絵が浮かび上がるだろう」

「予言か？」

「勘さ」

「勘ねえ」

太田黒は渋面《じゅうめん》を作った。

「時に、お前さんたちの関係はどうなってるんだ？」

太田黒が大志郎と典絵を見ながらさりげなく訊いてきた。

「捜査令状は持ってるのか？」

大志郎の言葉にマスターが笑った。

「あんた刑事だろ。もう終電が終わった時間にこうやって二人で飲んでいるんだ。推理に必要な条件は出そろってるぜ」

太田黒が鼻で笑った。

「あんたの方こそ私生活は大変なんじゃないのか？」

「大きなお世話だ」

「奥さんが胆石なんだろ」

「そうだよ。娘は化粧と茶髪で日本人だかアメリカ人だか判らねぇし」

「親父は帰宅拒否症だし」

「ばかやろう。仕事で遅くなってるだけだ」

「これが仕事？」

「ああ。重要参考人から事情聴取してる」

マスターが笑った。

「どういう関係なのかな。犯人と田中恵理は」

「復讐が動機だとするとよほど親密な関係なんだろうぜ」

「恋人か」

「親子かな」

太田黒が勝算ありげな笑みを浮かべる。

「これだけの大事件をやらかした犯人を捕らえられないとなると」

「捕まえるさ」

太田黒が断言した。

「期待してるぜ」

大志郎の本心だった。たとえどんな理由があろうとも、Jリーグのスター選手三人を立て続けに殺害した犯人を許すことはできない。

「犯人は被害者三人と親しい間柄だった。これは確かなんだろう？」

「もちろんだ。通りすがりの人間が安東を銅像の上に上げられるわけがねえ」

「この条件に合致するのは」

「熊野御堂幻花だ」

「それと渋川監督」

「可能性としちゃあ田中陽一も残ってるがな」

典絵の唱えていた福井犯人説は完全に否定された。それ以来、典絵はおとなしくなった。

「安東の奥さん」

マスターが出してくれたニンニクの芽に気を取られて、一瞬大志郎は、典絵の言ったことが判らなかった。

「何だって？」

「いえ。安東さんの奥さんも三人と親しかったんじゃないかと思って」

典絵に言われて安東祥子と山野井が浮気をしていたことを大志郎は思い出した。

「親しかったでしょうな。でもそれが何か？」

「安東さんの部屋から日記がなくなっていましたね」

「ああ」

「そんなことができるのって、奥さんだけじゃないかしら」

「そうかもしれません。でもそれが事件と関連したことなのかは判らんでしょう」

「そうだけど」

典絵の頭脳は相変わらず鋭いのか、それともその鋭さを失いつつあるのか、大志郎には判らなかった。

「安東祥子には動機がありませんからな」

「それに、爆薬の知識もあったかどうか」

「それは幻花にもいえる」

「幻花には一万人の信者がいるんだぜ。渋川監督こそ爆弾を仕掛けることなんぞできねえだろう」

「渋川監督は高校時代は電気科だった。就職先の砂川金属でも薬品部に籍を置いている」

「残念だが安東爆死当時、渋川監督にはアリバイがある」

「渋川萌の方はなかっただろう」

「あの小娘に密室を作ったり人を消すトリックができるわけがねえ」

「でも、渋川徳治郎が裏で糸を引いているとしたら？」

「実の娘に殺人を手伝わせる親がどこにいる」

「さあ。俺には娘がいないから判らないな」

「いる訳ねえよ」

「でも、娘に売春をさせた母親なら知ってるぜ。息子の殺人を手伝った母親も」

「交友関係が広いな」

大志郎は水割りで咽を潤す。

「時に、お前さんどうやって幻花から情報を引き出したんだ？」

典絵がトイレに立ったときに話し出したのは太田黒の思いやりだろうか？

「あの女は色情狂《インフォマニア》だってな」

大志郎は顔をしかめた。

（あの時、どうしても情報が欲しかった）

幻花を抱かなければ永遠に真相は判らない。そんな気さえした。情報を手に入れるためには何でもしなければならない。そう思いこんだ。

「寝たのか？　幻花と」

大志郎は返事をしない。

「そのことを知ってるのか？　あんたのパートナーは」

典絵がトイレから戻ってきた。幻花とのことは典絵には話していない。

（話した瞬間、二人の仲は終わる——）

その可能性を恐れていた。

「お嬢さん。実はこの男」

「わかった」

大志郎が大声をあげた。今とつぜん判った。不可思議な力に導かれて閃いたのだ。

「どうした」

「わかったんだ」

「何が」

「密室の謎が」

「なんだと」

「山野井はやっぱり他殺だったんだ」

「気は確かか。あの状況でどうやって部屋の中の山野井を殺せるんだよ」

「粘土だ」

「粘土？」

「ああ。なぜ部屋の中から粘土が被せられていたのか」

「それこそ自殺だという証拠だろう」

「ちがう」

大志郎は水割りで咽を潤す。

「あれは、粘土を被せなければならない訳があったんだ」

「犯人も判ったんですか？」

典絵が大志郎に訊く。

「いや。犯人までは判らない」

「じゃあ密室の解明もあてにならねえな」

太田黒に言われると、大志郎は黙った。

「どうした」

「いや、考えがまとまらなくなった」

「まとまったら知らせてくれ」

太田黒は立ち上がって「おあいそ」と言った。

大志郎が事務所に戻ると星野が一人でデスクに坐っていた。

「沢さんは？」

社内を一通り眺めて大志郎が訊いた。いつもは帰社するとまっさきに沢シゲ子が声をかけてくれる。

「辞めたよ」

一瞬、星野の言った意味が判らなかった。

「辞めた？」

「ああ。さっきな」

社内がサッカーの話題一色になってから、どことなく沢シゲ子が寂しそうな顔をしていたことを大志郎は思い出した。

「どうして」

「彼女は経理だった。誰よりもうちの会社の経営状態を知ってたんだ。火事が起きる前にネズミが家から逃げ出したってことだろうよ」

「引き留めたんですか？」

「いいや」

「退社の手続きは？」

「済ませたよ」

星野はデスクの上の数枚の書類を指で叩いた。

「沢さんはうちの会社を、社会保険が整備されてないなんて文句を言ってたがな、その割には自分は年齢をごまかしてたよ」

「へえ」

「履歴書を見ればまだ五十前の筈なんだけどな。今日改めて生年月日を訊いたら、ポロッと本当のことをしゃべっちまったぜ」

「いくつだったんです？」

「六十だ」

ノンフィクションが一本書けるかもしれないと大志郎は思った。

「しかし突然ですね」

「彼女の気持ちも判らなくはねえ。本当は俺が辞めたいくらいだからな。給料が配られているうちに辞めたいと考えても責められないだろう」

そう言えばそうだったと大志郎は勤務先の経営状態のことを思い出した。このところ安東に端《たん》を発する連続殺人事件の取材、調査で忙しくて、自分の給料のことに頭が回らなかったのだ。

「起死回生のスクープでもない限り、あと二ヶ月保つかどうか」

「事件を解決して見せますよ」

大志郎は煙草を銜えた。

「犯人はどっちだ？　熊野御堂幻花と渋川監督」

大志郎は取材、調査活動のあらましをレポート用紙にまとめて、経費の請求書と共に星野に提出していた。

「まだなんとも。二人とも狂気を秘めていることは確かです。しかも共犯者次第で、すべての犯行が可能になります」

「お前の勘は？」

「最近、鈍り気味で」

「そんなことを言ってる場合じゃねえだろう」

「動機はおぼろげながら見えてきました」

「田中恵理を自殺に追いこんだ事への復讐だな？」

「ええ。その動機が正しいとすれば、殺人はもう起きない」

「復讐はもう終わったからな」

「となると、この事件は迷宮入りになる可能性がある。いまだに容疑者さえ絞り切れていないんだから」

「だが、そうはならないとお前は考えている」

「社長」

「この報告書を見る限り、お前の頭脳は今、フル回転している筈だ」

星野は引出から大志郎が提出したレポートを取り出した。

星野の大志郎を見る目は正しかった。大志郎は今、頭の中のもやもやが徐々にだが晴れつつあることを感じていた。

「それはそうと、丸文字を直せ」

「丸文字？」

星野は大志郎が提出したレポート用紙の署名欄を指さした。


——犬飼大志郎。


飼という字の司の中、口の字が○になっている。

「これは俺が小学校の時に開発した書体ですよ。たしかに丸いな。もしかしたら丸文字の元祖は俺かも」

大志郎が言葉を切った。

「どうした？」

大志郎は答えない。

「犬飼？」

「バカな……」

「どうしたんだよ」

「もしかしたら」

大志郎は星野に背を向けて何事かを考えている。

「そうか。あれはそういう事だったんだ」

大志郎の目つきが険しくなった。

丸文字。そして、太田黒刑事のあの言葉……。


——娘は化粧しまくって顔が変わっちまうし。


簡単なことだった……。

「犯人は」

「犯人が判ったとでもいうんじゃねえだろうな」

「判ったかもしれない」

大志郎の答えを聞いて、星野は椅子から立ち上がった。

「本当か？」

大志郎は振り返って頷いた。

「誰なんだよ犯人は。共犯者は」

「共犯者はいない。犯人は一人です」

「一人？ 一人で全部やったっていうのか？」

「そうです」

「まさか」

「本当ですよ」

「誰なんだよ、その犯人は」

「すみません。犯人が判ったらまっさきに知らせるって、ある人と約束してるんです」

「しかし」

「それに、彼女も危ない」

大志郎は携帯電話を取り出した。


大志郎はまず自宅に戻った。そこで外から換気扇を外す。外した換気扇を眺め、外した後の壁を見つめる。

（やっぱりそうか）

換気扇を元に戻すと、携帯電話を手に取り操作する。だが相手の携帯電話にはつながらなかった。

（典絵が危ない）

大志郎はそう思っていた。典絵の出向きそうな場所に片っ端から連絡を入れたが、典絵はつかまらなかった。

大志郎はタクシーを拾った。

（間に合ってくれ）

大志郎は祈った。そのまま典絵の自宅に向かう。運転手を案内しながら迷わずに典絵のアパートに着く。典絵の部屋のブザを押す。だが応答はない。ドアノブをひねってみるが、鍵がかかっていて開く気配がない。

大志郎はドアと反対の窓側に回った。塀に遮られて外からは見えない。大志郎は上着を腕に巻くと、それを消音装置にして窓ガラスを割った。割れた隙間から手を差し入れ、窓の鍵を開ける。

「典絵！」

大志郎は叫びながら窓から部屋の中に侵入する。

「典絵」

部屋の中を捜すが、典絵の姿はない。

(どこへ行ったんだ)

大志郎は典絵の行く先の手がかりはないかと、部屋の中を探索し始める。洋室の机の上に、パソコンが置かれている。その周りに乱雑に置かれた書類群。

大志郎は書類を摑んで大まかに目を通していく。だが、典絵の行く先を暗示するような箇所は目に入らない。

(典絵。どこにいる)

大志郎は引出を開けた。中からまた書類やらノートやらを引き出す。それにまた目を通す。

大志郎の手が一瞬、止まった。

(これは……)

ある一点で大志郎の視線が止まっている。

しばらく見つめていたが、やがて手をテーブルの上に置いた。

他の引出も調べる。

(もしかしたら)

大志郎は玄関に向かった。

大志郎は辺りを見回した。

横浜市保土ヶ谷区にある港北大学グラウンド近くの川の土手である。

ゆっくりと歩く。やがて一人の女性の隣に腰を下ろした。

「やっぱりここだったのか」

土手では四、五年生ぐらいの小学生とその父親らしき人物がサッカーボールを蹴りあっている。

「君は四つもサバを読んでたんだな」

大志郎は隣の女性に話しかける。

「調べたんですか？」

「君の部屋を勝手に調べさせてもらった。そこで書類を見て」

「住居不法侵入です」

「すまない」

大志郎は少年と父親を見つめる。

「だけど、どうしても君の本当の名前が知りたかったんだ。典絵」

大志郎は前を向いたまま言う。

「あたし、残してましたっけ。本名も生年月日も変えていたのに」

「君とお姉さんが一緒に写っている写真の裏に、田中亜弥子というサインがしてあった」

「しまった」

彼女は頰笑んだ。

「よかった。君が自殺してしまうんじゃないかと心配だった」

「どうしてあたしが自殺しなきゃいけないんですか」

「黒木典絵。君の本当の名前は田中亜弥子だ。そして君のお姉さんの名前は田中恵理だった」

「大好きなお姉さんだったんです。幼い頃に両親が死んで、二人で親戚に預けられて」

「理由は関係ない」

大志郎は目を細める。

「どうして安東を殺したんだ」

少年が父親の蹴ったボールをトラップしそこねた。

「安東大吾は自殺ですよ。彼は自分の意志で楠公像に登ったんですから」

「安東、山野井、福井の三人は、誰が君とベッドを共にできるか賭けをしていたそうだな。山野井がそう言ったと、インタビューの後の小板橋から聞いたことがある」

「失礼な話です」

「でも、その賭けをうまく利用すれば、安東を銅像に登らせることもできるんじゃないか?」

「そうかしら」

「たとえば、あの銅像によじ登ったら抱かれてもいいと安東に告げれば」

「大の男がそんな子どもっぽい真似をするわけないわ」

「奴らはサッカーという子どもの遊びに夢中になってるんだぜ」

「でも」

「それが絶対に欲しいと思ったら、どんなことでもするさ」

そう言いながら大志郎は、情報ほしさに幻花の言いなりになった自分を省みていた。

「あたしのこと、絶対に欲しいなんて思うかしら」

「君のミニスカート姿を見てそう思わない男がいたら、たぶん病気だろう。もちろん君自身も自分のその魅力に充分気がついていた」

典絵は前を見ている。

「君の出した条件、すなわち〝楠公像に登る〟をクリアしたとき、安東は頰笑んだんだ」

そう考えて初めて銅像の上で笑った安東の行動が理解できる。

「これが一つめのトリックだ」

「でもあたし、爆弾の知識なんてありません」

「君の我が社での初仕事はテロリストの取材だった筈だぜ」

「そうでした。あの時、知識だけはたくさん仕入れました。でも、犯人があたしであるわけはありませんよ。安東爆殺のリモコンスイッチを放り投げたのは、目のパッチリした女性だったんですから」

典絵は細い目を大志郎に向けた。

「それに惑わされていた」

父親の蹴るボールを、また少年が受け損ねた。

「太田黒のおっさんが言ってたな。娘さんが化粧して顔が変わっちまったって」

典絵は答えない。

「そう。顔のイメージを変えるのはそう難しいことじゃない。たとえばアイメイクとまつ毛の処理で、目はかなりパッチリした印象になるそうだな」

少年が父親のボールをノートラップで蹴り返す。

「さらにアイプチなどの目専用の接着剤で、上瞼を持ち上げて目をパッチリさせることもできるそうだ。これは、筋強直性ジストロフィーの患者が上瞼が下がったときにも有効らしい」

典絵は表情を変えない。

「君はそれらの方法を使って一時的に目のパッチリした女性になった。もちろん、目撃されたときの用心のためだ。君は本当は化粧が上手だったんだ。安東をその気にさせるためにその化粧のテクニックを駆使したかもしれない。だから安東の部屋で奴の日記を見つけたとき、そのことが書かれているかもしれない危険性を慮《おもんぱか》って日記を盗んだんだ。いや、あるいは誰が君と寝るかという〝賭け〟のことが書かれていることを恐れたのか」

少年と父親はドリブルを始める。

「なおかつ君は安東に恐怖心を味わわせるため、おそらく匿名の電話で田中恵理の復讐を決行することを安東に宣告した」

太陽が雲に隠れて、日差しが翳った。

「田中に殺されるかもしれないという安東の言葉は、そのことを指していた。太田黒のおっさんは教えてくれなかったけど、安東はおそらく山野井と話していたんだろう」

「うまい考えですね。でも、仮に安東さんの死が犬飼さんの考え方で説明できたとしても、山野井さんはどう考えても自殺ですよ」

「たしかに山野井は密閉された部屋の中で死んでいた」

「自殺ですよね？」

「だけど、完全に密閉された部屋なんてあり得ない。そんな部屋があったら中の人間は窒息してしまう」

空には雲が多くなり、日の光は感じられなくなった。

「これは俺の考えたシナリオだ。ちがってたら言ってくれ」

典絵は返事をしない。

「君は完全に密閉された部屋の中で人間が窒息するかどうか、山野井と賭けをした。もちろん山野井は、窒息などするわけがない方に賭けた。山野井が勝てば、君は彼に抱かれるという条件で」

典絵は肯定も否定もしない。

「その賭けを実行するために、山野井は部屋中の穴に内側から粘土を被せた。粘土はおそらく君が用意したものだろう。時間を決めて君は外に出る。そうだな、一時間ぐらいとしておこうか。一時間、密閉された部屋の中にいられたら山野井の勝ちだ」

「マンションって気密性が高いから、内側から粘土で密閉したら本当に窒息してしまいそうですね」

「君はそれが心配になった。いや、心配になった振りをして、庭に入って換気扇を外から外した」

「外から？」

「外から中に押しこむようにすると換気扇は簡単に外せる」

「本当ですか？」

「自分の家の換気扇で試してみた。お陰で部屋の中が壁の破片で汚れてしまった」

「でもそんなことをしたら、部屋の中の山野井さんが気づきますよ」

「当然、山野井は〝どうした？〟という調子で外された換気扇の穴から、外にいる君を見ようとする」

「換気扇って、壁の高いところにありましたよ」

「身長百八十三センチの山野井なら、換気扇の穴は背伸びしないでも覗ける筈だ」

典絵は頷いた。

「君の方は庭にあった踏み台を使ったかもしれないが。とにかく、換気扇の穴に顔を見せた山野井を、君はボウガンで撃った」

少年と父親が練習をやめて河原に腰を下ろした。

「矢はともかく、弓《クロスボウ》も部屋の中にあったんですよ」

「もちろん君は自分の弓《クロスボウ》を使ったさ。山野井の弓矢から矢を一本抜き取って、それを外から山野井の額に撃ちこめば、山野井が自分の弓矢で自殺したように見える。もちろん、部屋の中の弓には、あらかじめ矢を放った跡をつけておく」

典絵は肩をすくめた。

「面白い推理ですね」

「ちがってるところはあるか？」

「山野井さんの死体が発見されたとき、換気扇は外されてなかったんですよ」

「換気扇にあらかじめ外から紐をつけておけば、再び取りつけることは可能だ」

「そんなことをしたら部屋の中に壁の破片が散らかるでしょ。でも山野井さんの部屋に、そんな破片はなかった筈ですよ」

「破片は粘土にくっついていたのさ。だから散らばらなかった」

典絵が次第に表情をなくしていく。

「部屋のボウガンにはピアノ線でもつけておいたんだろう。それで死体のそばに落とした」

「部屋は密閉されていたのよ」

「だけどピアノ線の先端に小さな鉄片でもつけておけば、外した換気口から磁石《じしやく》で引っ張り上げることはできる筈だ。以上が二つめのトリック」

「そんな細工をあたしがいつしたっていうの？」

「試合が終わるまで部屋で待ってるとでもいえば、鍵を預かることは可能だろう。山野井が試合をしている最中、君はゆっくりと細工をすることができる。換気扇の取り外しも、その時に実験済みかもしれない。破片もなるべく散らからないようにある程度は取り除いておいたんだろう」

「ダイイング・メッセージは？」

７０才……。

「あれ渋川監督を指していたんじゃなかったかしら」

「ちがう」

大志郎は言った。

「あれは君を指していたんだ」

「あたしを？」

大志郎はポケットからダイイング・メッセージの写真のコピーを取り出した。

――７０才
「あたし七十歳じゃありませんよ」

「これは７０才と書いたんじゃない。カタカナでクロキと書いたんだ」

クロキ……黒木典絵。

「もちろんボウガンで頭を撃たれているから字は下手だ。ロは丸文字だし、キもかなり乱れている。だけど、死ぬ間際に何か書き残すとしたら、やっぱり犯人の名前しかない。７０才という年齢を書いたり、７０４号室という部屋番号を書いたりはしないものだ」

「あたしの本名は田中なんだけどな」

「でも山野井は君を黒木として認識していた。君は履歴詐称の罪も犯しているな」

少年と父親がサッカーを再開した。「さあ、がんばっていこう」と父親が檄《げき》を飛ばす。おそらくは明日からの自分自身に。

「だから君は太田黒からのファックスを見たがった」

大志郎の家に、ダイイング・メッセージを記したファックスが送られたことを知ると、典絵は大志郎の家に強引に押しかけた。それはダイイング・メッセージの内容をすぐにでも知りたかったからだ。

「福井の君に対する思いは変態的で強烈だ。それは以前、君が話してくれたな。渋川監督も福井の変態性を嗅ぎとっていて〝あんな男に娘はやれん〟と言っていたぐらいだ」

大志郎の話は山野井から福井に移った。

「ええ」

「その君が抱かれてもいいと言うのなら、福井はどんなことでもするだろう」

「ビルから飛び降りることも？」

「飛び降りると言っても、フェンスからフェンスの外の床面に飛び降りるだけでいいんだ」

「恐いわ。七階の上なのよ」

「だがフェンスの外側の床は幅が一メートル半はある。福井ほどの運動神経の持ち主なら、別に危険というほどのこともない。人間心理の取材もかねているなどという付加理由を足してやれば福井も実行しやすくなるだろう」

「福井さんは屋上の床に落ちたんじゃなくて、その下に落下したのよ」

「福井が飛び降りようとした瞬間、君が押したんだ」

「あたしが?」

「ああ。たぶん、屋上に備えつけられている物干し竿をフェンスの金網の隙間から通して押したんだ。おどろいた福井は両手をばたつかせた。それを天文好きの少年が見ていて〝鳥が羽ばたくようだ〟と表現したんだろう」

「すごい想像力ですね」

「君は高校時代、バスケ部にいたそうだからこれだけのことを遂行できる体力も運動神経もあるわけだ」

「で、そのあと福井さんはどこへ行ったのかしら」

「君は福井を押すと同時に首にロープを巻きつけた」

「ロープ?」

「ああ。少年が見たのはそのあたりからだろう。少年は手をばたつかせる福井に目がいって、その背後にいる君には気がつかない。福井は手をばたつかせながら落下した。でも地面まで落下しないで首吊り状態になって死んだんだ。君はあとからその死体を引き上げて、車で狭山湖に運んだ」

「目撃した少年はロープの事なんて何も言ってなかったわ」

「ロープはあらかじめ黒く塗ってあった。黒い壁面と夜の闇、それに黒を基調とした静岡フエニックスのユニフォームと相まって少年はロープに気づかなかった。福井には、ロープを目立たなくさせるためにユニフォームを着てもらったんだ。それを抱かれる条件にすれば、福井も従うだろう。もちろん君自身も黒い服を着ていた。これが三つめのトリックだ」

「たしかに一瞬の出来事だし、少年も動転してたでしょうから気づかないということはあるかもしれないわね。でも犯人の目的が福井さんを殺すことだったら、そんな手の込んだ細工をしなくても墜落死だけでよかったんじゃないかしら」

「墜落だけじゃ一階のファミレスの庇に当たって助かることも考えられる。それに犯人の目的は福井に復讐を遂げたあと、他の二つの殺人の罪を福井に着せることだった。だから福井を行方不明にする必要があった」

「自殺に見せかけた墜落死でもよかったんじゃない？」

「君は最後には〝福井幹夫は復讐のために殺されたのだ〟という事実を世間に対してアピールしたい気持ちもあった。だから死体の隠しかたもぞんざいだった」

典絵は肯定も否定もしない。

「だが万が一見つかった場合も、福井の真の死因は知られたくなかった。真相を知られるほど自分に捜査の手が回りやすくなるからな。だから首の縊死痕《いしこん》を消すために、君は福井の首を切断したんだ」

大志郎の空っぽになった心の中に風が吹き始めた。

「福井の死はあくまで神秘的なものとして発見される必要がある。それは〝人間消失〟を連想させるからだ」

「今度はあたしが幻花さんに罪を被せようとしたとでも言うつもり？」

「そうだ。そうすれば福井の死体が見つかった場合でも、君は捜査の圏外にいられる。もちろん、証拠がないから幻花が逮捕されることもないだろうと踏んでのことだ。さらにいえば、安東をわざわざ楠公像に跨らせて殺害したのも、最後には自分ではなく、幻花に疑いが向けられるようにするためだ。すなわち神言の通りに死を装ったんだ」

典絵は口を噤んでいる。

「君がどうして我がスタープレス社に入ったのか。それは、三人と接触する機会をつかむためだ。安東、山野井、福井。君はお姉さんが死を選ぶ前に、その原因を知らされた。そして三人への復讐を誓った。我が社が請け負っている『週刊ヴァーチャル』はサッカー記事にも力を入れている。だから入社すれば、三人に接触する機会も生まれやすくなるという読みがあった。もちろん『70才』というノンフィクションをやりたいと言ったのも三人との接触の機会を増やすためだ。さらに我が社が社会保険を完備してないことも選んだ理由の一つだろう。偽名も使いやすくなるから」

「すごい」

どれくらい時間が経ってからだろう。典絵が話し出した。

「すごいですね、犬飼さんの頭脳。何から何までその通りなんです」

大志郎の心の中の風がさらに強くなった。

「人を殺すなんて反則ですね」

本当はクリーンな選手でいたかった。典絵の顔はそう言っているようだ。

「君は三つのトリックを使って復讐を成し遂げた。だがもしも立場が逆だったら、君が俺の立場だったら、君は第二、第三の殺人は防げたかもしれない」

「そうかしら」

典絵が立ち上がった。

「動機だけがちがうんです」

「動機？」

「ええ。たしかに両親が死んだあと、たった一人の肉親である姉を自殺に追いこまれたら、怨みは激しいでしょうけど、殺人までは犯しませんよ」

「じゃあなぜ」

「あたし、どうしても浦和レッズに日本一になってもらいたかったんです。それだけ」

典絵が歩き出した。大志郎は後も追えずに親子のサッカーを見ていた。

ついにセカンドステージの最終戦の日がやってきた。

さいたま駒場スタジアム。大志郎は浦和レッズ対静岡フェニックスの試合を見ている。

「田中亜矢子が自首したぜ」

太田黒が言った。

田中亜矢子が自首したことで、殺人犯を逃がしたという罪悪感に囚われなくて済む。それに、典絵が自殺するかもしれないという心配からもほぼ解放された。

「彼女は安東ルートから幻花の神言詩を知っていた。それを利用したんだ」

「彼女は自分に疑いがかからないように二重、三重に予防線を張ってたんだな」

「だがお前さんがそれを見破った」

「その話はしないでくれ。俺は彼女とずっと行動を共にしていて犯行にまったく気づかなかったんだ」

坪井から山田にパスが通る。

「典絵が田中陽一のファンだと言ったとき、おかしいとは思ったんだ。〈ボランチ〉のマスターが田中の名前を言ったときさ」

「誰のファンだってかまやしねえだろう」

「だけど彼女は浦和レッズのファンなんだぜ。大久保や小笠原ほどの選手ならともかく、田中陽一程度のファンだなんてありえなかったのさ」

永井にパスが渡る。レッズのチャンスだ。

「あれは田中という名前を聞いたとき、自分のことを言われたのかと思って動揺したんだ。その動揺を隠すために咄嗟についた嘘だと思う」

「お前さん、あのお嬢さんが田中のファンだというのがよっぽご悔しいうしいな」

いったんセンターライン付近まで戻したボールを、今度はエメルソンがいい位置で受け取った。エメルソンの電光石火のドリブルが始まる。歓声が沸き起こる。

「ここはなんとか一点取ってもらいてえな。渋川監督は日本一になるためにカルト教団に入信までしてるんだぜ」

ゴール直前で、静岡フェニックスの西山がエメルソンのボールをカットした。

「そう言えばあのお嬢さん、こんな冗談を言ってたぜ」

「冗談?」

「ああ。三人を殺したのは姉の復讐じゃないんだと。本当の動機は、浦和レッズに日本一になってもらいたいから、だとよ」

それなら大志郎も聞いた。

前代未聞の動機じゃないか。ユニークな冗談だ。

だが、と大志郎は思う。はたして彼女は、冗談を言うだろうか？

それは判らない。もしかしたらこの一連の事件自体が、彼女の仕組んだ壮大なジョークのような気もしてくる。

そういえば典絵は、自分の姉、田中恵理の記録を残したかったのかもしれない。事件のことを風化させてはいけない。三人の悪人たちのやったことを、記録に残しておこうと。田中亜矢子が選んだ偽名、黒木典絵にはそういう意味が含まれていたのだ。黒木典絵《くろきのりえ》を逆から読めば〝恵理の記録〟になるのだから。

大志郎は典絵、田中亜矢子の顔を思い浮かべた。いつもの笑顔だった。だが今から思えば、その笑顔はどこか寂しげだったことに大志郎は気づいた。

大志郎はビールを一口飲んだ。

ピッチではレッズ、フェニックス双方の選手たちが、事件のことなど忘れたかのように、ボールを追うことに夢中になっていた。

《主要参考文献》

＊本書の内容を予見させる可能性がありますので、本文読了後にご確認ください。

『サッカーという至福』武智幸徳（日本経済新聞社）
『蒼き肖像』（日本スポーツ企画出版社）
『サッカーダイジェスト２００４Ｊ１選手名鑑』（日本スポーツ企画出版社）
『Ｊリーグ公式記録集２００１』（Ｊリーグエンタープライズ）

＊その他の書籍、および新聞、雑誌、ホームページの記事など、多数参考にさせていただきました。執筆されたかたがた、また、快く取材に応じてくださったかたがたにお礼申し上げます。ありがとうございました。

＊作中のサッカーに関する記述は二〇〇四年三月二十二日時点でのデータを基にしています。

＊この作品は架空の物語で、実在の人物、組織、事件等とは一切関係ありません。

# 解説——あなたはサッカーがお好きですか？

西上《にしがみ》心太《しんた》（評論家）

ちょうど今年二〇一〇年はFIFAワールドカップの年。第十九回に当たる南アフリカ大会は、互いに初優勝を賭けたオランダ対スペインの決勝戦となり、スペインの優勝で幕を閉じたばかり。さすがに世界最大級のスポーツイベントですね。いったい世界中で何億人の人々がテレビにかじりついたのでしょうか。

それにしてもわが日本代表チーム（特に監督）に対する毀誉褒貶には凄まじいものがありました。本番を見すえて今年に入ってから行われた強化試合は、なんと四敗一分け、しかも総得点がわずか1というていたらく。新聞やテレビ、雑誌などでは連日のように岡田監督批判がくり広げられ、監督更迭も公然とささやかれるほど。ところが予選にあたるグループリーグの一試合目、アフリカの強豪カメルーンに1対0で勝ったとたんに風向きががらりと変わったのだから、節操のないマスコミの豹変ぶりにも驚きました。続く第二戦は準優勝した強豪オランダに0対1で惜敗。敗れはしたが好勝負をくり広げたため、日本代表チームの評価はさらに上がり、グループリーグ最終戦のデンマーク戦では期待に応え3対1と見事な勝利。日本・韓国の共同開催だった二〇〇二年の第十七回大会以来の決勝トーナメント進出を決めました。決勝トーナメントのパラグアイ戦では延長戦を終えても0対0のままPK戦となり、惜しくも敗れ初のベスト8進出は夢となりましたが、どの報道も称賛の嵐ばかり。ひねくれ者のわたしなどは、サッカー界のためには浮かれてないでもっと冷静な分析が必要なんじゃないのと言いたくなるのですがね。

グループリーグ第一戦の勝利によって国内の気運も盛り上がり、都会の盛り場ではスポーツバーやパブリックビューイングで観戦するファンが何千人も集まるなど、夜通し大騒ぎだった模様です。いやはや隔世の感がありますね。若い方にはにわかに信じられないかもしれませんが、ほんの二十年ほど前までは、わが国ではサッカーは人気面ではマイナーなスポーツだったんですから。当時から年末年始に行われる高校サッカーは人気がありましたが、国内最高峰のリーグである実業団リーグ（ＪＳＬ）の試合は、ごくわずかの例外的な試合を除き閑古鳥が鳴いていました。そんな中、ワールドカップ招致や人気低迷の打破を狙って組織されたのがＪリーグでした。

日本初のプロサッカーリーグであるＪリーグは一九九三年からリーグ戦を開始。その人気は急激に上がり、それまでプロスポーツの王座を独占していたプロ野球の影が薄くなるほどでした。放映権の一括管理、下部組織の充実による一貫した選手育成、地元と密着したホームタウン意識の徹底など、日本のプロスポーツ組織になかった「理念」を前面に打ち出したことも発展に大きく寄与したのではないかと思っています。チームは親会社の宣伝媒体であるという意識から脱却できないプロ野球界を反面教師にしたのでしょう。

その後は選手年棒の高騰や不況によるスポンサーの撤退などさまざまな問題が出ており、最近では赤字がかさみ、経営をJリーグが引き継ぐチームも出てくるなど、予断を許しませんが、世界に引けを取らないサッカーリーグに成長したと言えるのではないでしょうか。

さて本書はそのJリーグを舞台に、実在と架空のチームや選手が入り交じって登場するサッカーミステリーであります。

皇居外苑にある南北朝時代の南朝の英雄楠木正成の銅像。有名なその銅像によじ登った男が爆死するというショッキングな事件で本書は幕を開けます。爆死したのはJ1の東京スターボウの安東大吾選手。安東は百九十センチという大柄なディフェンダーでチームを代表するスター選手です。しかも第二ステージが開幕する五日前という時期でした。その現場に居合わせたのが『週刊ヴァーチャル』の女性記者黒木典絵。典絵は浦和レッズの七十歳になる老監督、渋川徳治郎に関するノンフィクションを執筆中のサッカー通。先輩記者の犬飼大志郎と事件を追い始めます。

本業がSF作家で、プロ経験のない新崎蓮が率いる東京スターボウはコンピュータに采配を任せるという異色チームでした。ところが大方の予想を裏切り、第一ステージではあわや優勝かというほどの猛追を見せたばかりでした。

一方警察はベテラン太田黒と若手の岩間の二人の刑事が捜査に当たります。東京スターボウは安東の死後、控えだった田中陽一選手がレギュラーとなり活躍を始めます。やがて太田黒は、生前に安東が「田中に殺されるかもしれない」と電話で話していたという情報を得ます。その矢先に今度は東京スターボウのもう一人のスター選手で、ミッドフィルダーの山野井昌彦がボウガンで額を射られて自宅で死んでいるのが発見されます。しかも山野井の部屋は、すべての隙間に内側から粘土が貼り付けられ封鎖されていました。しかしそこには謎のメッセージが残されていたのです。そして今度は第二ステージで首位につけた直後静岡フェニックスの選手が、やはり異常な状況で目撃された後に失踪してしまいます。彼は山野井の死体を発見した人物でした。第二ステージが進行するさなかに起きた連続怪事件。はたしてその真相は……。

まずこの作品で目を惹かれるのが不可能趣味が横溢する犯行現場の異様さでしょう。なぜ銅像によじ登らねばならなかったのか、なぜ爆発の瞬間、安東は笑みを浮かべていたのか。その目撃情報から自殺説もささやかれます。また山野井の死は完璧な密室だったため、自殺と断定されてしまいます。そして本書の終盤に起きるもう一つの失踪事件。本書のキモは三つの異様な事件に使われたトリックと、被害者たちを結びつける共通項をめぐる謎にあるのです。被害者の異様な行動、密室、さらにそれに輪をかけた不可能現象という三つの事件にミッシングリンクやダイイング・メッセージをめぐる謎がからみ合い、容疑者が浮かんでは消え、また浮かび上がるという本格ミステリーのガジェットをてんこ盛りにした謎解き合戦がくり広げられるのです。

もう一つの魅力が、事件と並行して進んでいく第二ステージの優勝争いでしょう。第一ステージに優勝した浦和レッズを率いる老監督の渋川は、初めての年間優勝に向けて執念を燃やしています。スター選手を失いながら上位につける東京スターボウ。レッズをわずかの差で追う静岡フェニックス。しかしこのステージの行方は物語を彩る背景ではありません。物語の最後に、激しい優勝争いと犯行の動機が意外な形で結びつくのですから。

鯨統一郎は邪馬台国の場所や聖徳太子の正体など、有名な史実をネタに仰天するような新解釈をひねり出す連作短篇集『邪馬台国はどこですか？』でデビューを飾りました。同書は「このミステリーがすごい！'99年版」で八位に入賞という快挙をなし遂げます。その後は歴史的人物が現代にやってくる『タイムスリップ森鷗外』、その逆で現代人がその時代に行ってしまう『タイムスリップ明治維新』などのタイムスリップシリーズ、一休さんが主人公の本格ミステリー『金閣寺に密室《ひそかむろ》』などのとんち探偵一休さんシリーズ、『なみだ研究所へようこそ！』などサイコセラピスト波田煌子が探偵役を務めるシリーズ、『白骨の語り部』などが、日本各地で民俗学に絡んだ殺人に巻き込まれるミステリー作家六波羅一輝の推理シリーズなどのシリーズ物のほか、ノンシリーズも多数発表しています。作家としてのキャリアは十二年ほどですが、すでに作品数は五十作を超える多作家なんですね。だがどれも奇想とアイデアにあふれた作品ばかりなのには脱帽ものです。

本書の題名にある《ファンタジスタ》とは「創造性豊かなインスピレーションと卓越したテクニックを持つサッカー選手を指す」と、本書の中で記されています。以前、別の鯨作品の解説で、鯨統一郎はこれまでのミステリーの《秩序の破壊者であり創造者であるトリックスター（trickster）》であると同時に、数多くのトリックを自在に操るスター（trick star）と評したものでした。だがそれ以上の言葉がここにありましたね。

鯨統一郎こそ、サッカー日本代表メンバーに欠けている、ミステリー界の《ファンタジスタ》なのであります。

え、本書に登場した東京スターボウのように、日本代表チームをコンピュータ采配にして、ミステリー界の《ファンタジスタ》を監督にですって……

あなたはサッカーがお好きですか？

●二〇〇四年四月、中央公論新社刊『ハッとしてトリック！』を、文庫化にあたり改題しました。

光文社文庫

長編推理小説

ファンタジスタはどこにいる？

著　者　鯨《くじら》　統《とう》一《いち》郎《ろう》

2010年8月20日　初版1刷発行

発行者　駒　井　　稔
印　刷　萩　原　印　刷
製　本　ナショナル製本

発行所　株式会社　光　文　社
〒112-8011　東京都文京区音羽1-16-6
電話（03）5395-8149　編　集　部
8113　書籍販売部
8125　業　務　部


ISBN978-4-334-74831-9　Printed in Japan



組版　萩原印刷

**お願い**　光文社文庫をお読みになって、いかがでございましたか。「読後の感想」を編集部あてに、ぜひお送りください。

このほか光文社文庫では、どんな本をお読みになりましたか。これから、どういう本をご希望ですか。

どの本も、誤植がないようつとめていますが、もしお気づきの点がございましたら、お教えください。ご職業、ご年齢などもお書きそえいただければ幸いです。当社の規定により本来の目的以外に使用せず、大切に扱わせていただきます。

光文社文庫編集部